離你最近的地方

夏梁——著

推薦序

POPO華文創作大賞首獎作家 湯元元（蔦蘭）

當初夏梁來找我為這故事寫推薦序時非常驚喜，她這幾年的努力終於有了成果，真的很替她感到高興。

讀夏梁的文字時，總會有種照見心底最真實想法的感受，對我而言，這故事所描述的不僅僅是愛情，最重要的，她點出我們所有人慣有的毛病——「為了適應這個社會的黑暗面，我們總是在偽裝。」蔚曉恬如此，溫皓穎也是如此，還記得當讀到溫皓穎覺得唯有裝傻和戴上面具才能好好地在這社會生存時，內心的心疼與不捨。

除此之外，故事中的其餘配角也都是非常抓人眼球的，每當花花和左蓉出場時，我總是忍不住地上揚嘴角，她們帶來許多歡樂，而且也都有屬於她們各自的故事，在夏梁筆下展現出十分鮮活可愛的模樣。

當然，曉恬的感情歸屬絕對是本書的另一大亮點啦！看著她徘徊在學長和溫皓穎兩大天菜間，也常忍不住替她感到焦急，至於最後結果到底如何……那就請自己到書中找答案吧（笑）

目次

楔子

八月中旬，北半球大部分的地方都熱得跟烤箱一樣，是個除了學生以外的多數人都討厭的季節。學生之所以喜歡，正是因為此時就是他們可以盡情耍頹廢的絕妙時機。

在這個稍微動一下就滿身是汗的氣溫之下，閒閒的學生都會聚集在有冷氣的地方，舉凡速食店、圖書館、電影院等等。

然而，對我，蔚曉恬，來說，這個時節再適合進百貨公司瘋狂購物也不過了。

經過三年的努力，好不容易考上北部的大學，終於可以展開全新生活的我，當然要好好犒賞自己一番啊！

帶著媽媽賞的金卡副卡，我腳步輕快地走進百貨公司。

站在一樓深吸了一口氣，「啊，這裡的空氣真是美好。」能夠盡情購物，什麼都是美好的。

如果妳是大一新鮮人，絕對不可以買太過招搖的品牌；如果可以，也不要買路邊攤。前者相信大家都能明白，至於後者呢，如果想在以後享受眾人環繞的感覺，最好是在大一一開始就讓人注意到妳。

但絕對不是炫富。

至於我，我只不過是一個想偽裝成普通大學生安安分分度過四年外加用不慣地攤貨的人。

我直接略過門口那個醒目的Hermès字樣往裡頭走去，這個牌子無論是凱莉包還是柏金包都太招搖了。

往更裡面走一點，就能看見以黑色為底的品牌名稱，這個品牌也算是有名的，正是Prada。沒錯，相較於Hermès或是Louis Vuitton這兩個知名精品，它就顯得低調許多，可它在全球的知名度可不輸上面兩家品牌，旗下的Church's也是不錯的選擇。

總之，自顧自地站在百貨公司入口處分析了一番之後，我還是照著自己的喜好買了一堆東西，反正太招搖的，就放假再拿出來用吧。

因為心情大好，我一路買買買買買，從一樓的名牌包買到二樓的Swarovski一直買到十幾樓的Tiffany. Co，搞得整間百貨公司的櫃姐一看到我就馬上衝出來黏著我不放。

最後，當我提著一袋一袋又一袋的戰利品從百貨公司出來時，我只覺得腰痠背痛。

「啊！」因為拿太多東西，我看不見地板，就穿著高跟鞋在某個百貨公司後門口前的廣場華麗的摔倒了。

不幸的是，我的腳還扭到了。

「該死的。」什麼都買了，就是沒買到藥布。

更不幸的是，因為是平日下午，附近派駐的保全較假日少上許多，且大多都駐守在百貨公司正門口。

我努力了好一陣子才讓自己的屁股移動到廣場旁的涼椅上，心想，就算現在叫計程車，我也沒辦法把這些東西從這搬到計程車停靠的地方啊，因為這種事叫警察也未免太低能了一點……

正當我陷入有史以來最嚴重的糾結的時候，一個對我來說無非是救世主的聲音在我頭上響起。

「小姐，請問妳需要幫忙嗎？」

Chapter 1 - 再次見面

正如我的死黨花花所說，寒假跟暑假是我們生命中時間流逝得最快速的時刻。

總覺得鳳凰花開還只是昨天的事情，怎麼三個月的時間在玩樂和睡覺之間就過去了……馬上就要開學。

高中時期的我簡直比仇視蟑螂還仇視開學，而現在的我老實說並不討厭開學，反而有些期待。畢竟，大學嘛！豔遇、聯誼、帥學長！

不過比起我，現在躺在沙發上，像個活屍在擦指甲油的女人，似乎非常討厭開學。

她只穿著內衣和短褲，難得地素顏，這顯示著她現在的心情非常非常糟糕，糟糕到懶得去房間穿件能看的衣服。

因為開學代表著代表她不能每天都自然醒，更別說她這學期有三天早八。

「花花，妳那罐指甲油快見底了。」我蹲在她放指甲油罐子的茶几前，眼睛盯著罐中所剩不多的的淺藍色濃稠液體。

花花跟我從國中就認識了，我們從國三時就約好，將來一定要一起上北部的大學。

當時的我們也許都有點不確定我們是否真的能完成這個目標，可是青春就是如此無所畏懼，永遠都覺得自己沒有極限。雖然我們的目標一直都是不同科系，但很不可思議的是，我們最後居然真的考上同一所大學。

我跟花花之所以會很好，我想有絕大部分的關係都是因為我們家的媽媽。

花花的本名叫做蔣藝花，沒錯，她正是我們偉大的第一任總統蔣公先生的後代。靠著先人留下的龐大資產，蔣藝花同學的母親林女士幾乎天天到某個法國知名華人首席時裝設計師的品牌專櫃消費，而就是那麼巧，那個設計師正是我媽。

據說某次媽媽從巴黎回來時，有個百貨公司的銷售部經理打電話來用一副快哭的聲音求媽媽過去。媽媽當時還以為是櫃位發生什麼事，急急忙忙就狂奔出門。

結果，是林女士在櫃上大鬧怎麼沒有新品，還把人家櫃姐打傷。

這麼說起來這兩個人會變成朋友其實一點點點點道理都沒有，就是一個奧客加上一個品牌設計師。縱使林女士那次的行徑真的很糟糕，媽媽似乎還是不太介意跟她當朋友。

而我也不介意跟糟糕的林女士的女兒當死黨。

撇除上述的情緒問題以外，蔣家人對我跟母親也都還不錯，我出生自單親家庭，從小父母離異。我曾跟著工作同樣忙碌的爸爸一段時間，後來他再娶我就又回到媽媽身邊。

因為工作關係，媽媽經常法國台灣兩邊跑，所以嚴格說起來我也只不過是從爸爸的房子移到媽媽的房子住而已。

雖然有時候會覺得自己像是沒人要的孩子，可是因為有花花跟蔣家人，終於，我不再覺得那麼孤單。

與其說花花是我的死黨，不如說是姐妹吧。

「嘿，妳們兩個！」此時門突然被打開，從門口傳入的高分貝叫喊嚇了我們兩個一跳。

花花塗指甲油的手抽了一下滑掉塗到手指上，她拍桌，眼睛快要噴出火來，「左、蓉！」

「有！」左蓉舉起手，不把花花的憤怒放在眼裡。

比起我們兩個，左蓉這個人似乎無時無刻都充滿著活力，無論開學或是假日，從高中時期便是如此。

我是先認識花花才認識左蓉的，左蓉是花花的補習班同學，後來因為種種原因及不可思議的緣分，我們三個的人生就這樣被緊緊牽在一起。

哦，對了，左蓉也是我的室友。

她和我同校又同系，還沒開學，她就已經認識了一堆學長姐，跟他們一起出去玩過了幾次。簡單來說，就是個嗨咖。

「妳能不能小聲一點啊？」花花咬牙切齒地問，雖然她已經不是第一次被左蓉的嗓門嚇到。

「啊，好啦好啦！」左蓉擺擺手，依舊不太在意的樣子。她一屁股在沙發上坐下，拿起桌上的洋芋片就開始猛嗑，體重於她如浮雲。

這時我突然想起，左蓉她剛剛是不是有什麼話想說啊？

「左蓉，妳剛剛想說什麼啊？」

左蓉的手頓時停下，滿口食物的她發出我跟花花完全聽不懂的聲音。

「先吞下去。」花花瞥了左蓉一眼，沒好氣。

好不容易，左蓉才將她口中的食物完全吞進肚子裡，「我說妳們要不要去聯誼啊？」

此話一出，我跟花花皆張大嘴巴，一臉疑惑地看著左蓉。

還沒開學就在約聯誼？同學妳還好嗎？雖然我很期待，但也不用進展得那麼快吧？

「妳是來唸大學還是來交配的……」花花比我回神的還快，嘴裡碎唸著，我跟左蓉同時忽視了某個有點奇怪的詞彙。

我實在不知道該開心還是該擔心，我承認，低調歸低調，男朋友還是青春必需品，可是左蓉這樣是正常的嗎？

「時間當然是在開學後啦。」左蓉移動身體左手拍拍我的肩膀，右手拍拍花花的肩膀，好似在叫我們放心，其實是將洋芋片屑屑擦在我們身上。「學長姊都說很期待今年新生呢，尤其是妳啊，曉恬。」

「我？」我一陣惡寒。期待我做什麼？有什麼好期待的？

左蓉伸出拋光過的食指，在我面前搖了搖，「首席設計師的女兒呀。」

我皺了皺眉，有時候這種期待也讓人有滿大壓力的。但對現在的我來說，這種莫名其妙的，對我的期待，我會一概無視。原因無他，正是因為現在的我，是、自、由、之、身！

話說回來，如果要我介紹左蓉這個人，我只能說她從以前就擁有不可思議的好人緣，也許是因為她很外向又熱情吧，如果是別人在開學前就跟我說要聯誼，我一定翻她白眼然後送她一句快醒醒。

可是今天告訴我這件事的人是左蓉，所以，我只覺得無奈。

「開學我可以推舉妳當班代嗎？」我問，班代就是需要妳這種人才。

左蓉瞪我，「妳敢妳就死定了。」

花花這時趁我們都沒注意到她時，將幾乎用完的指甲油全部刮出來，偷偷抹到左蓉臉上。

「蔣藝花！」左蓉朝她咆哮，瘋狂用手背抹著自己的臉，弄得手上臉上都充滿淡淡的藍色。

我站在旁邊大笑，看著這兩人在客廳裡玩你追我跑。

花花雖然有時候感覺懶懶散散的，可是偶爾還是會出其不意的報復我跟左蓉一下。左蓉就不用說了，整人的鬼點子超多又愛亂跑，這兩個人只要湊在一起總是安靜不了三秒就會開始吵吵鬧鬧的。

突然，原本安安分分放在沙發上的抱枕朝我臉上飛來，是左蓉一時手滑。

我蹲下去把抱枕撿起來，「左蓉！」

「啊！」她尖叫著跑開，我緊追不放。

我也不知道我們從你追我跑玩到枕頭戰究竟玩了多久，到最後我們三個都躺在木地板上狂笑，但也累得爬不起來。

「欸，花花。」我伸手打了躺在我隔壁的人一下。

「幹嘛？」她打回來。

「離開學又更近了耶。」

「去死吧。」

再怎麼樣不想面對的事，終究還是得乖乖面對。

左蓉跟我坐在系上的視聽教室，她四處和人打招呼，一點也不像是第一天來報到的樣子。而和她打招呼的同學也像是早就認識她了一樣。

我則撐著下巴，有些人看到我會露出驚訝的表情，我不認識他們，卻不意外他們會有這樣的反應。

在左蓉告訴我學長姐們很「期待」看到我這個學妹以後。

我想大家之所以會知道我的母親是誰的原因，大概是我曾多次擔任母親自創品牌的模特兒。

可是比起那種生活在螢光幕下的日子，我更愛即將迎來的這種普通的大學生活，暫時忘卻那些太早被揭露的競爭。

現在的我，普普通通也很好。

思及此，我忍不住勾起一點點微笑。

就在同一時間，系上的學長姐出現在台前，他們一個個都掛著親切的笑容，感覺大多都很好相處。

「曉恬，妳看。」左蓉用手肘頂了頂我的手臂，我看向她，她湊到我耳邊，「妳看那個學長，很帥吧。」

我順著她的視線看向站在講台中央的那個學長，的確，學長的黑髮閃爍著一點點光芒，柔柔的感覺很好摸，眼睛偏向灰色，有種奇異的感覺，鼻子很挺，整體看來大概是個溫柔的人吧。

根據他的自我介紹，他是這個系的系學會長，今年大二，叫做墨鏡魚。

他只有口頭講，我當然不知道哪個墨哪個鏡哪個魚啊。

「還不錯啦。」在普通大學生之間來說。

左蓉一眼就看穿了那些我沒說完的話，她翻我白眼，說：「我知道比不上妳媽品牌旗下的男模啦。」

我聳肩，本來就不是可以一概而論的嘛。

「反正人家也死會了啦，站在他旁邊的那個，副會長，他女朋友。」

站在墨鏡魚學長旁邊的女孩走的比較偏向是性感路線，她中分的酒紅色波浪捲髮隨興掛在背上，嘴脣的顏色紅得幾乎可以滴出鮮血。

不過我剛剛沒在聽她做自我介紹，所以不知道她的名字，但應該一樣是大二的沒錯。

這一對……超級不配。我心想，然後再次點了點頭同意自己的想法。

嚴格說起來都是帥哥美女沒錯，可是那兩個人，看起來根本是不同世界的人。

學長感覺像是隔壁鄰居家或是高中校園裡會出現的那種風度翩翩美少年、學姊則像是晚上都不用睡覺，夜生活精彩的夜店咖。

不過，我們不能以貌取人，再說，這世界本身就充滿難以理解的事物，不是嗎？

墨鏡魚學長之後好像還說了什麼我沒聽進去的事，之後他微笑著和全部學長姐一起說歡迎我們就下台了，悠悠哉哉坐在一邊觀望。

台前的某個不知道名字的學長看了墨鏡魚學長一眼，將他手上的資料傳了下來。

「怎麼都寫一些廢話啊……被砍下來做成紙張的樹木在哭了……」左蓉接過我傳給她的資料，皺著眉頭咕噥。

我大略看了一下，上面寫的是本系的介紹，以及一些注意事項，還有比較重要的學長姐的電話號碼，說是有困難都可以找他們幫忙。我剛剛聽到學長有說，本系一直以來的傳統就是互助一家親，這也算是一種體現吧，我想。

「全部新生只有妳覺得是廢話。」忍不住白她一眼後，我又低頭看資料。

上面寫了，系學會會長叫莫靖余，可能因為這個系人手不足還是怎樣，又或者是莫學長他們太優秀，所有幹部都是大二的。

副會長，莫學長的女朋友，叫做甄臻。甄這個姓氏我倒是頭一次看見。

大致看完了手上的東西，略過了一些不重要的官方訊息，我抬起頭，正巧和坐在前方的某人對上眼。

她饒富興味的端詳著我，我愣了一下露出禮貌又帶著疑問的微笑。她直勾勾的眼神讓我不舒服，頓時我也不知道該不該繼續跟她對看。

「曉恬，妳那個……」我沒有回頭看左蓉。她的話之所以停滯在空氣中的理由，想必與甄臻學姐有關。

因為她正朝著我們走過來。

甄臻學姐臉上掛著好看的微笑，她的每個步伐似乎都帶動著全場的目光以及思緒，我眼角餘光正巧瞥見莫學長帶笑的眼睛。

「是曉恬學妹嗎？」甄臻學姐笑說，霎時，原先聚集在她身上的目光全都聚集到我的身上來。

我不喜歡這種感覺。

原來我還以為自己來到這裡之後可以過著普普通通的大學生活，可是我現在知道，因為我媽，這是不可能的，只是，現在又加上這個高調的甄臻學姐，我想低調過日子的願望又清楚的在我眼前化為泡影。

這個既沒禮貌又毀了我的四年的女人一靠近我，我就想一拳揍在她腦袋上。

原本的反感不只是因為她盯著我瞧，真要說起來我也不知道該怎麼說，總而言之就是反感。至於現在……是反感加上反感再加上反感！

「有事嗎？」我說，臉上表情很親切但語氣卻不是這麼一回事。

我感覺到左蓉的肩膀正在忍著抽動，顯然是準備看好戲，而且沒有要阻止我做出惹麻煩舉動的意思。看來左蓉也挺討厭她的。

令我驚訝的是，越過甄臻的肩膀，我看見那些學姐也跟左蓉一樣，興味盎然。

我不知道這是因為甄臻的人格缺陷還是怎樣的，大家似乎都等著看她好戲，而我猜甄臻八成是那種會說出「我就是喜歡你看我不順眼又做不掉我的樣子」的人。

「我很喜歡妳母親的品牌呢。」她說，順手撥弄了自己的頭髮，香味打在我臉上，我忍不住皺起眉頭，想找口罩擋住這不自然又噁心的味道。

想了又想，我還是先忍住想扁她的衝動。

身為學妹，如果跟這種人當敵人，肯定很麻煩，保持距離就好、保持距離省得麻煩。

「我會轉達的，謝謝。」再次堆起標準的客套微笑，我道謝。

「可以的話，我們可以交換通訊軟體的帳號，當個朋友嗎？」甄臻學姐說，感覺一點也不像是在開玩笑。

我傻眼，左蓉也是，誰讓她一副來找碴的樣子，「好、好啊。」要跟我當朋友？有誰會一臉挑釁的要跟對方要通訊軟體帳號？

「那，我先走了。」甄臻拿走我寫上帳號的便條紙，跟學長姐們揮揮手之後就離開了。像是她出現在這就只為了來跟我要帳號一樣。

「我剛剛還以為妳們要吵架了。」左蓉的語氣我聽不出有沒有一點失望。希望沒有，但我想應該有。

「沒有啊，跟她吵架，會很麻煩。」

「也是啦。」她點點頭，「關於這個學姐的評價，還滿兩極的。」

「怎麼說？」

左蓉歪著頭，「就是……男生都滿喜歡她的，女生都很討厭她。不過，妳剛剛那句有事嗎感覺超殺的哈哈哈……」

忍不住噗嗤笑了出來，這就是原本我對討厭鬼們的說話方式。也正是因為這句話，讓那些人通通露出看好戲的樣子。

我看向前方，一群學姐站在一起，和我對上眼時，同時比出了大拇指，似乎很是讚賞。

我朝她們微笑。

「現在沒事了，大家可以走了。」經過一些瑣碎而繁雜的標準流程以後，莫學長在前面宣布。

我跟著左蓉起身，卻在經過台前時被叫住。

「學妹，可以打擾妳幾分鐘嗎？」莫學長叫住我，不只是我，左蓉也稍微頓住了一下。

察覺自己不方便待在這裡，又怕我被學長霸凌，左蓉拍拍我的肩膀說她會在門口等我，十分鐘沒出來她就會衝進來英雄救美。

「有什麼事嗎？」這次我有注意，面對感覺挺無害的學長，我不會再說出「有事嗎」這種好像很兇很不耐煩的話。

從很小的時候，就被迫在社會上戴著虛假的面具。

每個人都想將妳拉下來，想看妳出醜，而妳也漸漸的不會在外頭表現出真實的自己。說出的話要反覆修飾幾次，看人的眼神要客氣有禮，動作要合乎標準。原來不只社會上，就連校園也是如此，和我所想的不同。

「剛剛，甄臻給妳添麻煩了。」莫學長向我道歉，我連忙抬手表示不用。

這明明就不關他的事，不是嗎？

「她從以前就是一個任性的人啊……」學長搖搖頭，臉上還是掛著無奈的微笑，「其實妳剛剛那樣說我們都替妳捏把冷汗呢。」

「為什麼？」

「甄臻從小就是一個嬌嬌女，家裡有錢父母又寵，個性上難免會有些不好相處，基本上，我們能順她意的事情我們就會照她說的做，她是有能力的人沒錯，但長久下來難免也覺得累。」莫學長還是笑著，但我卻覺得他的笑容背後還藏著什麼其他的。

「學長跟學姐不是……」

「就算是，也還是會累啊。」學長打斷我的話，拍拍我的肩。

我明白他並不想再繼續這個話題，於是準備離開，在離開之前，學長又叫住我：「學妹。」

他站在離我兩步的距離，溫暖的手拉過我的手臂，將一張紙給塞進我手心。

「這是我的通訊軟體帳號，如果甄臻給妳帶來任何麻煩，請告訴我。」

把剛剛發生的一切完整的告訴左蓉以後，她露出了不意外的表情。

「我早就知道不會有人可以忍耐甄臻。」她用鼻孔哼了一聲，「被外表迷惑的不算數，真正認識她還是她朋友的女生，似乎不多。」

我正想開口說沒這麼誇張吧的時候，左蓉冷不防又補了一句：「也許是沒有？」

她不等我接話，又說：「其實莫靖余在學校也可以說是校草之一吧，被甄臻霸占實在也有點浪費社會資源。」

「甄臻算是滿漂亮的吧？」我順手滑開社群網站裡屬於她的個人檔案，甄臻學姐隨便一句不知所以然的貼文就有近五千讚，實在誇張。

左蓉翻了個白眼，「誰知道她卸妝後有多可怕。」

「妳很討厭她嗎？」我問，會這麼問的原因有大多數是因為左蓉很少這樣不停批評別人。

我這個問題一出來，她馬上用力拍桌，一樣提早回來的花花被她嚇到，這次指甲很平安，只是不小心把粉餅摔到地上裂開了。

花花想衝過來揍左蓉一頓，卻被我眼神制止，示意讓她先說完這個，再來打架。

「就是那個聯誼啊，明明我跟我的直屬就是要辦給大一學弟妹的，結果甄臻就硬要來參加。重點是還沒人敢阻止她。」

「啊，說到聯誼。是今天晚上妳們還記得吧？」她分別看我們一眼，深深嘆口氣，「蔚曉恬，我知道妳忘記了。」

沒辦法啊！那麼趕誰會記得啊！

「算了。妳就這樣去吧。」左蓉露出一副「妳沒救了」的樣子，跑過去跟好像忘記粉餅的仇恨的花花討論晚上的穿搭。

其實我也知道，左蓉這是放心我個人的品味，要我自己處理，她也知道我不會讓自己穿成這樣去聯誼。而她自己身為主辦，當然不能都找恐龍妹，不然下一場聯誼就不會有男生參加了……

「好了就滾出門吧。希望今天整個晚上我們家都不會有人。」

左蓉預約的是一家法式餐廳，為了避免吵到別人，我們包了最大的包廂。

「對方是我們大學的其他學系的男生，聽說都長的不錯。」

因為是主辦，所以我們三人是最早抵達餐廳的。

裡面的氣氛很高雅，小聲輕柔的音樂環繞，用餐的客人感覺都是上流社會，簡單來說就是一個跟「聯誼」沾不上邊的地方。

根據左蓉的說法，這是展現她個人品味的好時機，我對她皺眉頭表達無奈。

但我心裡面其實還是對她的說法表示認同的。

這是，不管我再怎麼不想承認，再怎麼偽裝，也沒辦法消失的那一份自傲。

其實我很任性、我很自私、我很冷血，但在這個社會上生存，我不能表現出那樣的自己。

沒有人願意無條件包容我這樣的一切的。

我胡思亂想著，直到所有人都入座，我才被左蓉的聲音拉回神智。

「那，今天的聯誼就開始吧。」左蓉扯開嗓子，看著不知道什麼時候充滿整個包廂的男男女女，女孩大多打扮的光鮮亮麗，期盼尋找到自己的「對的人」。

「先來這邊抽籤，抽到哪個位置就請你坐在哪邊。」

左蓉將籤分為男生用和女生用，大多數人趕緊上前去，但我並沒有這麼做，擠來擠去的，多難看。

花花拿來了剩下的兩支籤，我接過她不要的那一支，反正抽籤這事也不是先搶先贏。

我抽到的是最靠近角落的桌子，位置旁邊就是一大片落地窗，如果是早上，採光應該是挺不錯的。

一切都很好，就不要對面坐的是奇怪的醜男。

慢慢走到那張桌子旁，桌邊已經坐了兩個男生以及一個女生，其中一個男生長得實在抱歉，我差點想轉頭走人，是誰說今晚出席的男生都長得不錯的？不知道是不是因為隔壁的太醜，被安排坐在我對面的男生，此時此刻竟像是我眼中的男神。男神穿著淺藍色襯衫，臉上掛著微笑。

我入座以後，餐點隨即送上，本想說些什麼，但坐在男神隔壁的女生，完全忽略了她對面和她配對的醜男先生，不停地跟我對面的男神說話。

秉持著要走就走、要留就留的人生哲學，我沒有要跟那女的搶男神的意思，用手撐著下巴，轉過頭去，我白了那女的一眼沒讓她看見。

默默滑著手機，因為太無聊又沒食慾，我打開桌上的紅酒一口接一口的喝。

一瓶喝完又叫過一瓶，我忘記自己喝了幾瓶，也忘記自己到底酒量多差。

最後我覺得頭實在重到不行，碰的一聲，完全毫無形象的倒在桌上。

我還是抓著酒不放像個酒鬼，我敢打賭明天蔚曉恬的失態畫面一定會在網路上流傳。

現在誰管他。

放棄維持形象，我本想再開一瓶，卻被一雙溫暖的手制止。

那雙手緊緊抓住我卻不弄痛我，我隱約可以聽見那人低低的嘆息在我耳邊。

「別喝了。對身體不好。」他說。

然後我聽見似乎是左蓉的聲音，她驚呼：「沒看過有人可以喝紅酒喝的那麼醉！」

我想爬起來告訴她，妳現在看到了，就是本小姐。

但我根本沒力氣。

「他們要去夜店續攤……」左蓉似乎有點苦惱的說。

「沒關係，我帶她回去吧。」

「可是……」

之後又不知道是誰，說：「主辦，你可以相信溫皓穎的人格。」

「那好吧。」

我還是趴在桌上，不敢相信自己居然這麼輕易就被左蓉給賣了。

「真是的……」那人雙手扶住我的肩膀，將我拉離桌面，輕輕靠在他懷裡，我的理智正努力想大叫有變態！但不知道為什麼，我的潛意識一直認為這個人是可以信任的，而且，是很熟悉的味道。

他將我背在背上，待我像娃娃一般，深怕傷到我，溫柔的將我放進副駕駛座。

「想吃雞蛋糕……」我說。

「噗。」我聽到他忍不住噴笑的聲音，用力睜開眼皮，問他，「笑屁。」

他霎時止住笑意，回：「這時候哪裡找雞蛋糕？」

「不管。」

「唉。」

我舒適的窩在副駕駛座，一點戒心也沒有，任由他載我在市區繞來繞去。

可能因為太放鬆，最後我終於沉沉睡去。

在半夢半醒之間，我好像聽見他的聲音，有點溫柔又有點無奈，「好不容易給妳買來了，居然睡著啦。」

Chapter 2 - 妳的本質是最好的

隔天起床宿醉的情形並不算太嚴重，隱約還記得昨天發生的事。靠，昨天！

如果有時光機，我真想回到昨天狠狠揍自己一拳。

到底在幹嘛！

「妳起來啦？」被突然出現的聲音嚇了一跳，我跳了起來，才發現這不是我的房間。

我滿懷戒心的看著他，「你……」

應該是已經預料到我會說什麼了，他擺擺手，「絕對沒有。」然後還小聲咕噥一句：「跟昨天一點都不一樣。」

雖然他說的很小聲，但還是逃不過我的順風耳，「你說什麼？」

「沒、沒有啦。」

「快說，我昨天晚上還有做什麼嗎？」嚇到差點心臟病發作，我上前揪住他的衣領，面對這樣的我，驚嚇到的就變成了他。

該不會昨天霸王硬上弓了人家？

他舉起雙手放在頭旁邊，露出投降的姿勢，「真的沒有啦……啊，那個！」忽然想起什麼似的，他張大嘴巴。

我瞪著他，意思是要他快說，而他也能理解，馬上回答：「就是一些妳心裡的話啊。」

我心裡的話？我心裡有什麼話？

該不會我喝醉之後，一直不停地叫眼前這個人男神吧？雖然是不醜沒錯，但是如果昨天的醜男不在他旁邊，男神也只不過是凡間的普通帥哥。

「我……說了什麼？」有點害怕聽到答案，但我還是硬著頭皮問了。

凡間的普通帥哥對我微笑，本小姐才不會被迷惑，他漂亮的唇緩緩開闔著，「妳就是太虛偽了。」

我頓住，「什麼意思？」

「我的意思是，妳不用一直這樣偽裝著自己。」他說，我傻愣愣地看著他，除了莫名其妙還是莫名其妙，「妳昨天喝醉之後睡著又醒來，一直自言自語著不能這樣也不能那樣。我知道那些其實都是妳想做的事，是最真的妳，但妳一直在壓抑它。」

他的話流瀉進我心中，瞬間，某些回憶的片段突然湧上我心頭。

「曉恬，不能那樣。」

「曉恬，妳沒有爸爸，所以要比別人更努力。」

「曉恬，妳這樣做，可是會害品牌形象受損的。」

「曉恬，媽媽叫妳吃什麼就吃什麼，要是身材走樣妳說這一季該怎麼辦？」

「曉恬，照我說的做……」

「曉恬……」

「蔚曉恬……」

我想跟朋友玩但是不行、我沒有爸爸所以我要比以別人突出才不會被瞧不起、品牌是母親的，但不知何時已有部分落到我肩頭上、我不想做這些，我想要有自己的人生……

媽媽。

「你懂什麼？」我不帶情緒的平穩聲音陌生得連我自己都不認得，他的笑意有一剎那凝在嘴邊，卻在我還來不及看清之時又再度恢復那樣的輕鬆。

「我懂。」他摸摸我的腦袋，好像我是他的寵物還是女兒，「真正喜歡妳的人，會喜歡妳的全部，而不是妳偽裝出來的部分。」

我嘆口氣，伸手揮開他，「你還不知道這世界有多恐怖。」

「就是因為很恐怖，所以遇上可以接受全部的妳的人，才更該珍惜不是嗎？」

像是花花跟左蓉嗎……

「那萬一他們都不是呢？」我反問，要是真正的我嚇到其他所有人，該怎麼辦？這機率可是很大的。

他沉思了一會，就在我以為我終於考倒他的時候，他冷不防開口，「我應該會是。」

哈啊？

這個我連名字都不知道的男人，說他可以接受真正的我。

會不會太好笑？

我冷笑出聲，很是不以為然，他卻說，「我昨天看到的妳，是還可以被接受的啊。」

還可以接受？

「喂！你這人是怎樣啊！」我對他怒吼，而且好像不是第一次，但這次面對我的怒吼的他，居然笑了出來，「妳看，是真正的妳啊。」

我嘆了口氣，這傢伙，我現在是中了他的計？

雖然看起來一副人畜無害的樣子，但說不定，不，是一定，他一定是一個心機鬼。

暫時先放棄與他爭執，我這才發現我好像遺漏了某個重要的東西，「我好像還不知道你的名字？」

「我叫溫皓穎，我的朋友都叫我皓穎。」

我決定叫這傢伙——原本是我心裡的男神然後一直降級成「這傢伙」的男人——溫皓穎，連名帶姓的那種。

這麼難搞又奇怪的人，怎麼想都不會是我的朋友……吧？當然也就沒有親暱稱呼他的必要。

「哦，對了，昨天跟剛剛，對不起。」檢查了自己全身上下，發現他真的沒對我怎樣之後，我還是摸摸鼻子，跟他道歉。

「沒差啊，小事而已。」

這是我第一次察覺，他的雲淡風輕比起我的情緒顯得我有多麼不成熟。

他大概沒有我的那些可能是多餘的顧慮，還相信這世界上會有人無條件接受我這個充滿缺點的人。

「你是什麼系的？」我猜，是心理系？哲學系？宗教系？

這麼神奇的人，我猜的肯定八九不離十。

溫皓穎笑了一下，我有種奇怪的預感。

「法律系。」

哦，是的。

這原本在我心裡就已經被貼上「奇怪」標籤的男人，現在被改成「超級奇怪」了。

哪有律師這麼陽光正向還相信這世界真美好的？

「大一？」

「大一。」

這樣就還說得通，可能還沒見識到這恐怖的世界吧。

我不禁開始為他擔心，要是他畢業了成為律師，他要怎麼接受這世界？

那時候我還沒發現，我正為一個幾乎可以算是不認識的人擔心東擔心西。

可能我的表情不小心透露了某些思緒，溫皓穎在我問他話之前就自己告訴我，「我本來是理組的人，因為我爸爸最近幾年身體差，要我回家接事業。」

咦？所以他也不是不了解律師工作的人啊。

我越來越搞不懂眼前的人，完全，「好吧，那你告訴我幹嘛？」

「感覺妳想問啊。」他說，聳肩。

想反駁他，我卻發現自己好像還真的沒辦法反駁。

是啦，要是他不說，我也會問。但我是不會承認的。

「你這樣告訴我不怕我對你不利嗎？」

我已經搞不懂這個人到底是太過樂天還是心機得看起來很樂天。

聽見我這麼說，溫皓穎笑了開來，「不會啊。」

「哼。」

這聽在旁人耳裡怎樣都像是賭氣又撒嬌的聲音從我嘴裡跑出來，就連我自己也嚇一跳，這不是我會做的事情啊，蔚曉恬妳在幹嘛？

於是我別過頭，走出他的房間。

他的腳步聲跟在我後面，我走在前頭，一個反客為主的概念。

「妳生氣囉？」溫皓穎在我身後問，我沒理他。

拜託，我沒有生氣，請趕快忘掉我剛剛那個莫名其妙的「哼」！我在心裡吶喊。

現在的我，只想找個洞鑽進去

「不要生氣啦。」他語調很軟，有一瞬間我幾乎以為自己毫無妨備的陷進去了他的溫柔。

不行，蔚小姐，志氣。

所以我還是定在原地，動也不動。

溫皓穎嘆了口氣，走到我前面，我本能的想跳開，他卻拉住我的手。

「看在我那天幫妳提東西的份上，和好吧？」他笑著。

我卻驚訝的抬起頭直視著他，他與我四目相交，我這才發現，他就是那天在百貨公司門口救了我一命的男人。

「是你！」

我不禁感嘆這世界，還真是狹小。

「小姐，請問妳需要幫忙嗎？」溫軟有禮的嗓音在我頭頂響起，還沒等到我吃力的抬頭，男人就蹲在我的面前。

他帶著墨鏡，手上提著美國潮牌的紙袋，不算太黑的皮膚在太陽的照耀下彷彿閃閃發光著，他一身簡單的白色T恤搭配刷破牛仔褲跟素色帆布鞋，就像是在幫手上的提袋代言。

「呃，嗯。」我那時不禁慶幸著自己有戴墨鏡，應該不至於太容易被認出來，現在想想當時真是白慶幸一場，因為對方根本完全認出我了。

男人——溫皓穎——一手就將我買的那些東西拎起來，他站了起身，而後又回過頭來，顯然是發現了我的困境，伸出手。

我藉他的手施力終於離開涼椅，但還是搖搖晃晃的，他配合我的步調，沒多說什麼。待我們終於移動到路邊，溫皓穎攔了輛計程車，把我扶進去之後把那些東西也塞進去。

「自己下次小心。」他說，然後關上門，直接離去。

當我回過神來，才發現我忘記跟他要名片也忘記問他的名字，這下我去哪找人感謝？

面對這樣的一個人，我想不感謝都難。這樣一個，願意停下腳步幫助陌生人的人。

那時候的我，真的沒有想到世界竟是這樣小，小到我現在就在這個曾對我伸出援手的陌生男人家裡。

「是我啊。」溫皓穎露出潔白的牙齒，我沒認出他這事應該還算在他的預料之內，他沒有表現出其他不同神情。

反而是我，仔細想想還真的覺得超級不好意思，撇除昨天晚上以來對他所做的各種沒禮貌行為——雖然有部分是他應得的——現在恩人就在我面前，我卻毫無意識還對著人家大吼大叫。

「所以妳不生氣了？」溫皓穎問，我搖搖頭，本來就沒在生氣。

我看了一下手上的錶，已經是下午了。

就算他是這麼好的人，我還是不該在別人家打擾這麼久，於是我向他問了我的東西放哪裡，提起包包就要開門。

「等等！」誰知道，這個人就在此時不知道是獸性大發還是怎樣的，竟想把我抓住，他伸出手要攔我，我尖叫一聲之後把門拉開。

但我在打開門之後就後悔了。

左右鄰居都是我們學校的大學生，樓梯間放有小沙發，有幾個人坐在那裡，全都轉過頭來看著從溫皓穎家跑出來的我。還有一些聽見我尖叫而跑出來的學生。

我愣住三秒與所有人對望，直到剛剛想抓住我的手把我拖回去，然後用力關上門。

「我……」我左右張望著不敢直視他的眼睛，這下好了，所謂跳到黃河也洗不清，大概就是這種情況吧。

溫皓穎挑起一邊的眉毛，該死的帥，「妳猜猜，今天晚上八卦能夠傳到哪裡去？」

「對不起……」真的，為什麼只要在這個人面前，我就一直一直不停的做出一些低能事？

見我這樣道歉，溫皓穎連忙揮手表示他不是這個意思，感覺有點緊張。

明白他真的沒有生氣，於是我的惡趣味又上來了，我低著頭，「可是這樣會害你被你女朋友誤會……」順便打探一下帥哥的情狀況，可以將情報賣給左蓉。

「沒有啦，我沒有女朋友。」

呃？長這麼帥沒人追？

「可是……」我還是裝作很可憐的樣子，低著頭。

「我是怕妳被誤會啦。」溫皓穎無奈地笑了，我透過眼角餘光瞥見他的笑。

然後，心想反正都已經被看見的我們，在眾目睽睽之下一起走出了溫皓穎家的公寓。

有不少男生對著他發出疑似野獸的無腦嚎叫，惹得我白眼連連，還好我有在包包裡隨身攜帶墨鏡，只是這溫皓穎是住在熱帶雨林是不是？還是這根本是一群暴民？

「我送妳回去吧。」他隔著大門對著屋內嘆了口氣。

我在心裡發誓再也不來他家，「不用了，我認得路。謝謝。」只想趕快走人。

他的鄰居們簡直比平時問題超多的媒體記者還讓人抓狂。

「那妳路上小心哦，過馬路要記得看車，不要給陌生人電話……」

「停！」見他完全沒有要停下來的意思，我伸出手擋在他面前，「我知道，我跟你一樣年紀。」

「智商感覺不是吧。」

「你說什麼？」我咬牙，伸手拉了他耳朵，殊不知這個舉動引來了透過窗戶偷看的眾人一片驚呼。

我惱怒的跺腳，沒跟他說再見就離開他家門。

果然我們不能低估人類這種生物的八卦心態。

好不容易離開他那一群吵鬧的讓人發狂的鄰居，我卻忘記家裡還有兩個更吵更吵超級吵的女人！

「你們昨天晚上真——的沒有怎樣嗎？」左蓉從沙發的另一端慢慢擼了過來，在一旁用電腦的花花雖然沒開口，但我彷彿可以看見她瞬間拉長耳朵。

我拿起旁邊的抱枕，用力砸在她那張還不錯看的臉上，「對！沒怎樣！倒是妳這傢伙，蛤，昨天晚上就這樣把我丟給一個陌生男人？」

「我想說他還滿帥的你們還滿配的啊。」左蓉一臉無辜，我對她比了個中指。

這時候，溫皓穎說過的話又浮現在心頭，也許我並不是時時刻刻偽裝自己，只是少有像花花跟左蓉一樣，在他們面前，我可以完全做自己的人。

所以，我們能相遇，何其幸運。

「幹嘛。」左蓉看我一臉大便，又黏上來蹭蹭我，「聽說溫皓穎是本大第一帥欸，唯一超越學長的男人！」

我翻了個完美毫無黑眼珠的白眼，左蓉立刻怪叫了起來，「妳就是帥哥看太多，你看吧，現在無感了吧！妳下半輩子可怎麼辦啊我說！」

用看著白癡的眼神凝視她，我並沒說，即便是看過很多帥哥，溫皓穎看著看著也的的確確是個天菜。

「我們系上也很多人很哈他。」花花眼睛盯著電腦，淡淡的拋出這句話。

「所以這種人讓大家去搶就好。」我說。

但花花竟然用我剛剛看左蓉的眼神看著我，眼神中充滿憐憫，「幹、幹嘛？」

她沒有回答我，倒是左蓉先回答了：「聽說他死會了，妳怎麼會覺得這種帥哥單身？」

是的，我原本也不這麼覺得。

可是那是溫皓穎剛剛自己說的啊！難不成那傢伙騙我囉？

「他女朋友還滿有名的，還沒入學就引起了一陣旋風。」左蓉說，花花也點點頭。

「誰啊？」他剛剛才說他單身耶？

我問，同時獲得白眼四枚。

「蔚曉恬。」她們異口同聲的回答，好像這是已經被宇宙認定的事實。

我哼了一聲，想回房間好遠離這兩個瘋女人，但左蓉八竿子打不著的一句話卻讓我整個僵在原地。

「對了，這學期有微積分。」這句話幽幽地從她上了唇蜜的唇中吐出，怎麼聽怎麼討厭。

不是我嫉妒，只是左蓉這傢伙，是百年難得一見雖然討厭數學到極點但還是對數學異常拿的的數學天才。

而我，嗯，有障礙大概還沒辦法解釋我和數學的關係。根本是數學低能兒。

當然，我也不是沒想過好好利用這傢伙，可是，就跟大多數人對天才的猜測一樣，她會，但她不會教。

「啊就這樣而已啊！」每一次，真的是每一次，她就只會說這句。

至於花花，別說啦，我都不忍心。

心知戳到我的痛，左蓉露出欠揍的微笑，「趕快請個人來教你吧。」

都已經幾歲了，還要請家教，有沒有搞錯？

我就不能考試前問一下別的同學嗎？我心想，但馬上把自己的意見打了個大叉叉，蔚曉恬的數學……唉。

對左蓉比了個中指以後，我回到房間，經過深思熟慮之後，我心不甘情不願的打開電腦，輸入徵求數學家教的資料，還特別註明了要教大學生的。

我看著聯絡人的地方，打死我都不要在格子上填入「蔚曉恬」三個字，所以我很開心地填上兩個大字：「左蓉」。

接下來，大概就是等待回覆了吧。

我想著，一邊看著校內論壇。

然後，讓我澈底爆炸的事情發生了。

關於蔚曉恬的緋聞洗了一整個八卦版，拉下去還看不到底，我從來沒有這樣想把自己殺了的衝動。一個個點開，不得不承認我實在犯賤，大概點閱了十個以後，我覺得青筋已經快要跳出額頭的皮膚。所有揣測都讓我傻眼，比如說：溫皓穎想藉此走紅、溫皓穎跟蔚曉恬是青梅竹馬、溫皓穎跟蔚曉恬是在整形診所認識、蔚曉恬霸王硬上弓……什麼都有，什麼都不奇怪，還有網友自行繪製了該死的圖解，並附上照片。

我多希望這項事情從來沒發生，但這些東西血淋淋的擺在眼前並且猖狂的笑著，告訴我一切都是真的。

我忍不住盯著某張照片，這篇是從公寓由上往下拍的，時間是在我離去的時候，我已經走到了轉角，他卻還站在原地看著我。

盯著他的身影，我的思緒竟纏繞著他的模樣，溫皓穎像是被拋棄的小狗，不知道為什麼，我居然這麼覺得。

我一定是吃壞了。

但是，我又忍不住開始想，溫皓穎不知道對這些事有什麼看法？

我習慣於聽見那些流言蜚語，可他卻不是。

早就說過了吧，這才是世界。哼，懂了吧。

那天晚上，不管是花花還是左蓉都一直不停提起溫皓穎，好像很怕我嫁不出去一樣，一直跟我推銷他。

雖然很受不了，但我還是跑不掉，誰叫他們現在算是我的「家人」。

「欸，對了。」花花突然左手跟右手擊掌，興奮地看著我們，我被她嚇了一跳，瞬間湧上一股不好的預感，花花只有在面對八卦的時候才會展現如此的高度熱忱，「溫皓穎好像也是台南人？」

「也」是台南人？

可是我們不是台南人啊？

「哦，真的假的！」左蓉眼睛一亮，我這才忽然想起來左蓉的奶奶住在台南，逢年過節時她都一定會回奶奶家。「我的同鄉啊！」

真不知道這兩個女人在興奮什麼，同鄉到底有什麼好開心的啦！

於是我悠悠開口，「我們還不是跟嚴爵同鄉，我還不是把不到他。」

此話一出，她們兩個瞬間安靜下來盯著我，我被盯得全身寒毛都豎了起來，「幹、幹嘛？」

「我相信妳一定把得到溫皓穎，我早就這麼說了。」左蓉語重心長地拍拍我的肩膀，我才忽然頓悟。

「我不是那個意思啦！」我又沒有要把溫皓穎！

「不是已經把到了嗎？」花花很適時地又補上一槍，真是謝了。

就在這時候，我的手機像是感應到我的危難一般，很適時地響起。

我走到陽台上接聽，電話那頭的聲音讓我有一種想斃了他也斃了我自己的感覺。

渾厚的嗓音說著，「請問您在找家教嗎？」

「請用。」在我遇到溫皓穎之前，我從來不知道這世界竟是如此狹小。

現在這傢伙就坐在我家客廳，左邊坐了一個花花、右邊坐了一個左蓉，她們兩個用奇怪的眼神一直來回看著我和溫皓穎，讓我差點把水杯捏爆。

「你不是法律系的嗎？你確定你數學夠好？」我問，挑起一邊眉毛。

「其實我是三類，然後考社會組指考的。」他說，「妳也知道，還不是因為我爸他……」

左蓉伸出手，打斷溫皓穎要說的話，「你說，什麼叫做『妳也知道』？」

「啊？就是我之前有跟曉恬講過……」

這次換成是花花，她模仿剛剛左蓉的姿勢，「你說，你剛剛叫她什麼？」

溫皓穎看起來一臉莫名其妙，而現在這個時刻，大概會是我生平最想宰掉的兩個人的一刻。

「妳們兩個，夠了。」我說，口氣兇了一點。

她們兩個互看一眼，很有默契地起身，可能也知道老娘不爽了，說：「那我們就不打擾你們了。」

然後拿起包包，一前一後走出家門。

「唉……」

這時候我的手機再度響起，是來自花花的簡訊通知鈴聲，「我們今晚都不會回家，加油喔！」

……我錯了，她們根本不知道老娘不爽。

「妳朋友……真是，嗯，有趣。」溫皓穎含笑著開口，我抽動著嘴角。

一時之間，我們也不知道要說些什麼，任憑空氣在這股寂靜中發酵。

我盯著他的臉，瞬間覺得這個人真的很陌生。

說起這個緣分，也太奇妙。

前天我們明明還不認識，今天就被大家傳說我們在一起了。

而他這個人本身，究竟又是怎麼樣呢？

說是溫柔好像也是，可是在他說我虛偽的同時，好像也藏著什麼東西。

他並不是這樣的吧。

好像對世界充滿期待，又好像還滿心機的。

「妳怎麼一直盯著我看？」

「其實你也很虛偽吧？」我說，卻看到他再一次愣住。

「怎麼說？」溫皓穎微微勾起嘴角，這表情更加確定了我的猜想，覺得他肯定和表面上不一樣。

我聳聳肩，「不知道怎麼說。」

「妳想說的是，我其實很惡劣嗎？」他站起身，朝我走過來。

溫皓穎站定在我的面前，微微彎下腰，吐出來的氣息打在我臉上，我沒有閃躲，「是啊，我很惡劣。」他說。

Chapter 3 - 交換祕密

現在我該去哪裡叫誰把他的陽光溫和無害帥哥形象還給我呢？

「你一定要自毀形象嗎？」我問，雖然是我自己提起的，但他就不能否認一下嗎？

果不其然，他這樣回答我，「妳自己問的啊。」

「是是是……」我轉身走進廚房，沒看見他玩味的笑容。

替自己倒了杯水，忍下那些想把水潑到某些人頭上的衝動後，我回到客廳，溫皓穎正百般無聊地把玩著杯子。

「欸你……」

我正開口，溫皓穎卻打斷我，他悶悶地說，「從小我看見的社會，就是一個只要裝傻還有和顏悅色就可以保身的社會。」

「妳曾說我不懂，不，我就是太明白，才會像是什麼都不懂。」

想說些什麼，但那些話語都在我的喉嚨變得破碎。

溫皓穎那不是單純，而是他看過的東西比我更多，很多司法及社會的黑暗面，他也早就明白了吧？只是他假裝的比較好而已。

應該吧。

「我跟妳一樣，我們都很假。」他聳肩，還是一派輕鬆，「我一直覺得我已經幾乎要成為我假裝出來的那個溫皓穎了。」

「——如果沒有遇見妳的話。」

我根本不懂他。

溫皓穎究竟還有什麼祕密？

遇見我對他又造成了什麼影響？

「為什麼要告訴我這些？」有很多想知道的，我卻覺得不管問什麼都很奇怪、很踰矩，所以我最後還是只能問出這句話。

溫皓穎笑眯了眼，模樣很是可愛，但他裡面可能全部都是黑的，「就當做交換祕密，然後我就當妳錄取我了，明天我再來替妳上課……」

我點點頭，以為他這樣就要離開了，可是他還是站在原地，動也不動。

「幹什麼？」我挑眉，雙手抱胸，他卻嘆了口氣。

「我剛剛發現妳家樓下的鄰居也是我們大學的。」

「那又怎……哦。」要是溫皓穎出去了，正巧被遇到，那他們倆真的是不用洗清了，可以直接去投胎還比較快。

處在這進也不是退也不是的窘境，我也不知道到底該找話題還是就乖乖閉嘴。

「妳有覺得很驚訝嗎？」溫皓穎坐在沙發上看著我，我頓了頓，才意識到他指的是什麼，「有吧。」我靠著沙發，漫不經心地回應。

好啦，真的有。

溫皓穎，到底靠著他假裝出來的那一面騙過多少人啊？

「有誰知道你是這種雙面人？」

不過說雙面也不全然是，他只是太會偽裝。

他偽裝的目的，是不是就跟我一樣，要保護自己呢？

他搖頭，「當然只有妳啊。」

聽見這種答覆，我一時之間還真不知道該說些什麼。

總覺得認識他以後，我無言跟愣住的次數似乎直線飆升。

「……」完全無言。

我這時候到底該說什麼呢？說「謝謝你」也太奇怪，說「喔，是喔」又太冷淡。

第一次遇見這種完全不怕我敢直接對我說這種話的人，不熟的人。

當然只有妳，是怎樣，要對我以身相許？

「你這雙面人……」掙扎了一會兒，我能說的還是只有這句。

溫皓穎似乎不覺得這句話是負面的批評，他回以微笑：「謝謝。」

再一次陷入無言狀態的我，索性不理他了，默默的起身喝茶。

「我小的時候啊……一直夢想著要成為科學家呢。」溫皓穎在一片只有茶香的寂靜中再次開口，「我有一個哥哥，他很叛逆，我父親原先的安排應該是由哥哥繼承他的事業，然後讓我去做自己想做的事……」

「小時候也覺得這沒什麼，直到長大我才知道這一切對我哥來說是多麼不公平……」

＊＊＊

「哥！你又要偷跑出去啊？」溫皓穎穿著制服，慵懶地躺在廁所前的地板聽音樂，溫皓穎不知道的是他哥每次只要從廁所出來都會被他嚇到，進而想用力往他那張欺騙世人的臉用力踩下去。

這樣的念頭已在腦海中盤旋許久。

長得一臉人畜無害，卻老是不安分的亂嗆學長跟老師，講話又像是帶著幾百萬隻針，一開口就是要讓人變刺蝟。

「你都知道了，那就不算偷跑了。」溫皓穎的哥哥，溫皓仁，聳聳肩，拿起隨身物品就要準備出門。

溫皓穎翻他白眼，沒有要阻止他出門的意思，閉著眼享受音樂，「真愛狡辯。」他淡淡地丟出這句話。

溫皓仁哪裡會不懂，他們兄弟倆的那張嘴，通通都是遺傳自那身為律師的父親，只不過比起他們，父親的用詞則更加不留情面。

擺擺手跟弟弟說再見，溫皓穎睜開一隻眼睛也和他道別。

望著哥哥離去的背影，溫皓穎一直目送他直到溫皓仁的身影淡出視線。

他嘆口氣，看著天花板發呆，不知不覺沉沉睡去。

不知道過了多久，直到樓下傳出爭吵的聲音，溫皓穎才模模糊糊的起身。

說是爭吵倒也不算，兩人聲音不大，但那火藥味就連他人在樓上都感覺到了。

「你以為你這樣就能變成比較帥的廢物嗎？」溫皓穎認出了這是爸爸的聲音，那樣的話，他想也只有他爸會對自己的兒子說吧。

「同樣身為廢物，我想我可能比你帥一點。」溫皓仁的聲音也傳入他耳中。

就算沒看到他們兩個的表情，溫皓穎也大概可以想像，爸爸一定還是那張撲克臉，而哥哥一定是眼睛帶笑卻沒有一絲笑意。

他想，爸爸一定也明白吧，眾人是怎麼說他兒子的。

黑道角頭、不良少年、敗壞治安的元凶、討債集團、飆車族。

溫皓仁在當地是凶狠出名的，但只有他弟弟知道，哥哥其實是個溫柔的好人。

只是不甘願被當成傀儡控制而已。

他的父親在當地則是鼎鼎大名的大律師，辦過的案件無數，勝訴機率堪稱傳奇。

光是溫皓穎聽見過的流言，就已經足以讓父親名聲掃地。

但事實是，沒有。

他相信不管是爸爸還是哥哥，一定都有自己的難處，只是沒有一個人願意低頭，而他們彼此也都明白——

理想跟現實總是有落差的。

「夠了。」經過幾次冷嘲熱諷攻防戰，他聽見哥哥這麼說。

「你什麼意思？」爸爸的聲音很冷，溫皓穎忍不住起了一身雞皮疙瘩。

然後是開門的聲音，「我受夠了。」

再來就是一片寂靜。

這片寂靜再次覆蓋溫家，空氣沉重的像是已經凝固，每次呼吸都要用盡力氣。

「出了這個門就不要回來。」很輕，卻又無比沉重。

他們彼此都知道，這句話是認真的。

溫皓穎嘆了口氣，這種事也不是沒發生過，他不是很驚訝、也可以說是習慣了，通常父親說完這句話後，老哥也是摸摸鼻子又走回家。

但這次不是。

關門的聲音在父親的話語甫落時傳入腦海。

哥哥，終於受夠了。

溫皓穎坐起身，拔下耳機，準備起身去追溫皓仁。

溫皓仁在學校是籃球校隊隊長，從溫皓穎有記憶以來，哥哥就是如此熱愛籃球，父親偶爾雖然會因為成績的問題責備哥哥，卻沒限制他去做自己喜歡的事過。

直到高二那年，哥哥第一次因為志向的問題和父親吵架。

那時候他才明白，表面上讓哥哥去發展興趣，但父親對這個大兒子始終如一的期望，就是繼承家業。

但哥哥的夢，自始至終都是籃球。

從溫皓仁告訴父親自己希望能成為職業籃球員以後，父親就不再讓他出門打球了。

這也是為什麼，溫皓仁逐漸走向這條錯誤道路的原因。

三天兩頭就跑不見，出現的時候通常是警察打電話來叫爸爸去帶他回家，溫皓仁出現在警局的頻率之高，左鄰右舍開始對這家人議論紛紛。

教育失敗。

這類的詞彙一次又一次的攻擊著父親，父親從沒說過什麼，只是把兒子抓回來後又吵架，吵架以後他又跑走，一遍又一遍，無止盡的輪迴。

溫皓穎看著這些景象，以及父親近來對自己的態度，也逐漸明白，這個責任即將落在他身上。可能有了哥哥的經驗，父親沒有明白的表示，只是越發盯緊他的成績。

但現在，哥哥走了。

每次的離開哥哥都是偷溜的，沒有一次這樣正面衝突以後還毅然決然轉身離去。

「爸。」溫皓穎下了樓，看見坐在辦公桌前的父親，他的表情像是什麼也沒發生過，又像是已經道盡了所有一切。

現在開始，換你了。

起初溫皓穎還是乖乖配合著念那些他根本沒興趣的東西，但日子久了，他也開始學會翹課、抽菸、騎車，那些不良少年會做的他都做了。

慢慢的，完全能懂哥哥的想法。

「你們兩個一定要這樣嗎？」要說溫皓穎比溫皓仁乖的地方，大概就是他不會翹家，就算再晚還是會回家，他能理解父親某些立場是為了他們好，但更能理解被束縛住的哥哥。

「那你一定要這樣嗎？」溫皓穎反問，正當他父親想開口說些什麼時，電話就響了。

看了他一眼，父親接起電話，那句問好的話是公式化的口吻，正是溫皓穎最討厭的。

他喜歡自由、直覺以及自然，討厭律師的庸庸碌碌以及那些自己綑住自己和別人的想法。

「真的假的？」父親說，語氣裡充滿不可置信。

這是他第一次，聽見父親的驚訝。

溫皓穎對現在的情況完全沒有頭緒，只能愣愣的看著父親與話筒那端對話。

「我去醫院一趟。」直到父親放下電話，他才回過神來。

父親的聲音已經冷靜下來，眼中情緒平靜的看不出起伏，他問：「怎麼了？」

和預期的一樣沒有答覆，溫皓穎望著那人穿上西裝外套就準備出門的背影，突然間，一個不好的念頭閃過腦海。

「哥哥嗎？」他問，聲音很小很小，在一片靜默中卻猶如落雷。

背對他的身影頓住了，溫皓穎覺得自己的世界好像完全沒了感覺，他衝上去，揪住父親的領子，「如果哥哥怎麼了，我絕對不會原諒你。」

父親拉開他的手，逕自往外走。

溫皓穎三步併作兩步的跟上，如果他剛剛的猜測是對的，為什麼父親可以如此冷靜。又或者，他根本不清楚父親的驚慌是什麼樣子的。

當他們趕到醫院時，醫院外頭早就擠滿了媒體記者，溫皓穎眼角餘光瞥見父親的眉頭皺了起來。

他完全是在狀況外，這時候的溫皓穎不禁燃起一絲期望，還是說，其實根本不是哥哥？哥哥沒事？不然，就憑他們家，可吸引不來這些媒體記者。

稍微繞了一下路，好不容易擠進醫院，就被突然出現的院長帶進了院長室。

父親一路都抿著唇，直到進了院長室，看見裡面的人，「怎麼……」

溫皓穎跟在父親旁邊，當他們走進院長室時，一個坐在輪椅上、腳上抱著紗布的中年男子就已經坐在裡頭嚼檳榔。

他操著一口台灣國語，長得非常面熟，溫皓穎其實聽不太懂他在說什麼。

「溫大律師，不知道你是不是還記得我？」

「當然，王議員……」

王議員？

似乎是幾年前從事暴力討債被告上法院的那位？

溫皓穎的腦袋努力搜尋著相關資料，卻只能想出當年他就是敗在父親手下的。

「你兒子，騎車闖紅燈又超速，撞到我的高級進口車，你說說，要怎麼賠償？要是讓我不滿意，這個社會要怎麼看你這位大律師呢？養成這種兔崽子的大律師？」

王議員這麼問，就算坐在輪椅上氣燄還是很囂張。

對啊，哥哥呢？

父親沒有先去看哥哥，反而來這裡維護自己的名聲嗎？

「我哥呢？」溫皓穎這才開口，看的不是自己的父親更不是王議員，而是一直站在一旁的院長。

「怎麼兩個兒子都這麼沒禮貌……」王議員搖搖頭，看起來很受不了的樣子。

而脾氣已經幾乎到達爆發點的溫皓穎，瞪了他一眼，「閉嘴，我再問你一次，我哥呢？」

院長這才答覆，「在加護病房，昏迷指數目前只有三，2T。情況非常危急。」

「情況非常危急你為什麼把我們帶來這裡！」他近乎歇斯底里的咆哮讓院長無法回覆。

溫皓穎其實明白，院長他也是有自己的難處的。

每個人都有自己的難處，不管會傷害到誰都無法去改變，因為自己永遠比別人重要，無可否認，這是人之常情。

「我的百萬高級進口車還是你親愛的哥哥比較重要？」王議員討厭的聲音又出現了，溫皓穎怒瞪他一眼，「信不信我等一下就讓你沒腳踩油門？」

快步到了加護病房門口，卻還沒辦法進去，護士們在裡頭忙來忙去。

透過那一扇小小的窗戶，他能看到哥哥全身包滿紗布插滿管子，那麼虛弱。

那個就算總是跑在他前面，還會回過頭來對他微笑的哥哥。

「哥……拜託你，趕快醒來，我們一起回家。」他整個人都要虛脫，蹲跪在門前不能自已。

對那年才十五歲的溫皓穎來說，這是一個恐怖的反差，那個對他而言與父親一樣、像大樹的男人，現在居然動也不能動。

「起來。」不知道過了多久，他的肩頭被擱上了厚重的手掌，溫皓穎幾乎已經忘記，那雙手以前是不是一直以來都是這麼溫暖。

「把你的手拿開。」站起來撥開父親的手，溫皓穎瞪著父親，忍住想扁他的衝動。

一眼就看出他在想什麼，父親嘆了口氣，推了推掛在鼻樑上的眼鏡，「你知道王議員什麼來頭嗎？」

哼了哼，溫皓穎拒絕回答他不知道。

「要是不讓他息怒，你知道他會做出什麼事嗎？」

他抬頭望進父親的眼，一種無奈的情緒蔓延著。

「哥哥還躺在這裡，你卻……」緊緊握住拳頭，又鬆開，他深呼吸一口，不願讓眼淚潰堤。

「王議員會讓你哥在這社會再無立足之地的。」

「又還不確定是誰的錯！」近乎歇斯底里的狂吼，溫皓穎痛恨自己現在的沒用。

「那都不是重點。」

「但我們有正義。」就算父親是那樣的人，他平常也是一個為所有人伸張正義的律師啊。

「要看你所謂的正義是什麼。」

父親的口氣還是那樣淡淡的，溫皓穎頓了一下，明白了什麼。

所謂正義，沒有絕對。

世人的思緒太容易受人影響，所有人認為的正義通常都不是真正的正義，只是隨波逐流、人云亦云。

溫皓穎知道王議員是一個很會說話的人，就算有時候會爆發負面新聞，他還是能在一天之內將錯誤導向別人那方。這他是知道的。

「嗯。」他不想說話，現在的敵人不好惹，特別還是哥哥在外早已聲名狼藉。

跟父親中間隔著近十個座位，他們就坐在病房外頭。

不久，「請問是溫皓仁的家屬嗎？」一道男聲在他們中間響起，溫皓穎跟父親同時抬頭，看見一個穿著便服的男人。

溫皓穎納悶著這男人什麼來頭，眼角餘光卻瞥見父親幾不可見的抿唇。

「檢察官。」父親起身，向他握手致意。

「溫大律師，久仰。」被稱為檢察官的男人微笑，「根據當時現場的員警描述，這起事故的主因是王議員酒駕。」

父親抿唇不語，而檢察官就只是笑。沒錯，笑。

「溫大律師？」過了幾分鐘沉默，檢察官見父親沒有要答腔的意思，試探性的喊了他。

微微抬眼，「我考慮。」父親這麼說，檢察官像是和父親心有靈犀，點點頭之後就離開了。

溫皓穎想開口問父親究竟要考慮什麼，但想了想終究還是沒開口。一來他不想主動跟父親說話，二來他也不見得能得到答覆。

隔天晚上，父親要他不想累死就滾回家休息，溫皓穎抵死不從，在哥哥尚未脫離險境之前，他絕對不會離開他身邊。

拒絕父親之後，父親就消失了。溫皓穎猜想，大概是又去工作了吧，畢竟這麼久沒進事務所真的不是他的一貫作風。

百般無聊的轉開電視，新聞上的那個人卻讓他忍不住緊握拳頭。王議員坐在輪椅上哭的像是全家都死了，指責著溫皓仁，說他吸毒闖紅燈還超速逆向，順便泣訴他這兩天來的心路歷程。

正當溫皓穎摔下電視遙控器時，外頭紛紛擾擾的人聲急急忙忙的經過。心裡一陣不妙的預感，他衝了出去，卻看見躺在病床上的病人被快速送進手術室。還來不及看清楚是誰，護士小姐的聲音就在他背後響起。

「請問是溫皓仁的家屬嗎？」

最後，哥哥還是走了。去當天使。

得知死訊之後，溫皓穎什麼也沒說，只是衝進院長室，把正坐在裡頭喝茶的王議員給揍了一頓。

當時他覺得奇怪的是，王議員這時不但沒有對他提告甚至也沒開記者會，更別說來找麻煩。

直到那時候他才明白，他是生活在一個多大的保護傘下。

他之所以可以全身而退，是因為父親用王議員偷腥的照片威脅他。溫皓穎以前從來不覺得父親會威脅別人，不是因為相信父親的人格，而是根本沒這必要。但現在他知道了，沒有人會一直都是最厲害的。

父親不是、哥哥不是，而他自己，更不可能會是。

＊＊＊

「結果那個議員呢？」我問，在他的故事告一段落以後。

「就閉嘴了，繼續當他的議員，但我爸沒要求他承認酒駕，只要議員不要告我傷害。以前都不懂的，現在也都明白了，父親有他自己的考量，只是那時候我還不能理解。他身為律師，認知上最重要的當然就是先與另一名當事人溝通，只不過好死不死對方剛好是那種人。」溫皓穎聳肩，我看著他的表情，那是釋懷。

對過去釋懷，對感情釋懷。

「可以說是一種，保護我們的方法吧。」

「那那個檢察官是怎樣？」我問。

「他喔，就是來問我爸要不要付錢的，因為議員有，嗯，塞點錢。」

簡單來說就是賄賂嘛。

我不禁猜想，溫皓穎現在之所以在這裡，在這地方讀法律，是不是為了他哥哥，也為了他父親？

「那妳呢？」換他問。

我挑眉，「我怎樣？」

「妳的故事呢？」

「你說我哦……」

Chapter 4 - 不一樣的代價

「我媽跟我爸在我還不會說話的時候就離婚了。我曾跟我爸一起住一陣子，後來他再娶，我就回來我媽這邊了，在那之後我就沒看過他。但這都是我媽跟我說的，其實那時候怎樣我根本沒記憶，才幾歲而已。」我說，一邊回想著父親的臉，才發現幾乎是一片空白。

對他其實沒什麼感覺，以前自己一個人被媽媽丟在台灣的時候，我也曾埋怨過他，我知道媽媽要賺錢養我很不容易，所以可以體諒她常常不在。

但爸爸呢？當初不是說好要永遠愛媽媽？

怎麼讓另外一個阿姨進來？

到媽媽這裡來以後，我過著讓人每天都想逃跑的的日子。但我沒有跑，因為我當時就已經明白，這就是我唯一的親人了。

那些日子裡，我都是由一個保母在照顧，她對我很溫柔，我第一次體會到媽媽的感覺，就是她給我的。可是，我要升上國中那一年，那個保母卻消失了。取而代之的，是一個每天都把頭髮梳的跟假髮一樣整齊、盤著包頭的女子。她的動作都很優雅，我曾有她是不是跑錯時空的念頭。

媽媽說：那是我的家教老師。

一開始我還不知道「家教」的意思，後來我還是漸漸明白，它的意思，就是再也不能亂跑、在公共場合舉止必須合乎儀態、要不斷健身維持身體的最佳狀態……

要做自己不想做的事情。

當我進入全國最嚴格的貴族學校時，雖然才國一，但我給所有同學的感覺就是一個……「轉學生」。因為大部分的同學都是從國小開始就待在這，所以，我對他們、跟他們對我，都是非常陌生的。

當轉學生的好處就是，可以享受一下沒朋友的時光。

我那時候還不知道，自己來自一個怎樣的家庭、也不知道自己偶爾給大人拍的照片放在哪裡，在國小時期，我都被保護的太好。

雖然我自認長得並不是很兇，但大多數人都只敢遠遠看著我，然後竊竊私語，我想去找她們搭話，卻想起家教老師交代的，她口中合乎禮儀的舉止。

所以我一直是自己一個人，直到某天，我在走廊上不小心撞到一個女孩。

那時候我正在低頭看著自己新拍的照片，一個沒注意，撞上迎面而來的人。

噢的一聲，她一屁股跌坐在地上。

「欸妳走路……」走在她旁邊的人趕緊蹲下來關心她，她正準備對我破口大罵，卻在和我對上眼的瞬間住了口。

被我撞倒的女孩擺擺手，自己站了起來，要那個疑似是她小跟班的同學先回教室。

「蔚曉恬嗎？」她偏過頭，挑起一邊眉毛看著我。我對她點頭，我們兩個都沒說話，對望了好幾秒。我想，她可能以為我會開口說話吧，但我沒有，她再也忍不住，「我叫蔣藝花。」

蔣藝花？

我總覺得這名字非常非常之熟悉，但一時之間想不起來。

是有名的人嗎？還是……？

「我媽跟妳媽還滿要好的吧。」蔣藝花說，我這才想起來。

好像有個女人，只要媽媽在家的時候她就會出現，每次都會說：「我們家藝花……」

原來就是她啊。

「哦，我聽過妳。」我說，朝她揚起職業級的微笑。

「我也是，我在雜誌上看過妳。」她朝我伸手，我也握住她的手。

這是在這所學校裡，第一次有人這樣對我，第一次有人願意跟我說說話。

「藝花！」她身後一個女孩跑來，她們低聲交談了什麼以後，蔣藝花對我露出抱歉的笑容，「老師找我，先過去一下。」

我擺手請她自便，卻站在原地看著她和那個女孩離開。她們兩個會互相打鬧，對所有人來說可能稀鬆平常，對我來說只能以羨慕形容。

家教告訴我的那些，不管是誰看來我都做得很好，但我卻漸漸開始懷疑我是不是錯了、家教是不是錯了、媽媽是不是也錯了？

可是，回歸現實來看，我又能怎樣呢？

「蔚曉恬。」

從那次之後，蔣藝花成了班上唯一會主動來跟我說話的人。

雖然她每次來都只是要我對她想買的東西提供意見，但這也讓我們越走越近。我想，有某一大部分要歸功於她實在太愛買東西。

有了她這個朋友，我的生活開始變得與正常中學生沒什麼兩樣，除了偶爾得請假拍攝一些東西以外。

「在學校怎麼樣？」

媽媽坐在我的對面，輕啜了一口白酒，看來對桌上那隻龍蝦興趣缺缺。

「還不錯。」我微微點頭。

媽媽這次回來，難得有空和我出來吃飯，我很珍惜這樣的時光，只因為我永遠無法得知下一次是何時。

「我這次回來後，應該會減少飛歐洲的次數。」媽媽悠悠的說。

我猛然抬頭，「真的嗎？」

「嗯。」

我幾乎開心的想尖叫，雖然媽媽回來並不代表我的生活會輕鬆多少，但這是我唯一的家人！

不管她是怎樣的人，我都會愛她。

我當時是那麼想的。

「妳是不是喜歡他啊？」花花在我後面像個背後靈，突然出聲嚇得我差點跳起來。

「沒、沒有啊。」

多虧花花的福，在學校，我雖然不是一個被大家環繞著的女生，可是大家已經敢來跟我說話了。偶爾和同學們講講話，這樣我就很滿足了。

在這些人之中，有個男孩，有著淺色眼瞳的男孩，他的微笑有如陽光，總在我內心狂風暴雨時問我怎麼了，照亮我的世界。

這樣的人，我怎麼能不喜歡？

花花當然看出來了，她沒理會我的否認，對我說了：「去吧。」

「什麼？」

「感覺他應該也是喜歡妳的。」

有了死黨的鼓勵，我在某天放學時總算鼓起勇氣把他留下來。

「那個……」

我已經忘記自己當時到底說了什麼，只記得我的支支吾吾，還有那個心情，以及他回答我的話。

「我很喜歡妳。但我不是配得上妳的那個人，妳與我們是不同世界的，我們都只是平凡的學生，但妳不是。對不起，與其以後難過，我只能現在拒絕妳。」

但妳不是。

沒錯，我不是。

我有多希望我是？

可是我就是不是啊。

那一年，我十五歲。我失戀了。

那是我最痛恨自己生長在這樣家庭的一段日子，我天天躲在房間大哭，怨恨上天也怨恨自己的膽小。想要平凡的學生生活為什麼不敢去爭取……

我可以理解他拒絕我的原因，因為那樣的愛情真的很辛苦，我們都還呼吸著青春的氣息，最理直氣壯的不成熟理所當然無法應付現實。

花花說，這也是愛的一種，害怕彼此傷心難過，只好一開始就選擇不要擁有。

「為什麼！」大哭三小時以後，我聽見家門被打開的聲音，我衝出房間，對著開門的那個人大吼，「為什麼？」

語無倫次的抱怨一番以後，對方只是輕輕嘆息。

「我只是不要妳被瞧不起。」

當時媽媽的眼神讓我愣住了，我忽然想起很小很小的時候，媽媽曾坐在我身邊，像是在跟我講話又像是自言自語的說，「曉恬，妳是沒有爸爸的孩子，所以妳要更努力，才不會被瞧不起……」

依稀記得，那次以後，我再也沒有抱怨過。

我妥協了，對於這種生活方式，我唯一感到慶幸的是，我一直沒忘記真正的自己。

所以，當我考上大學時我是多麼開心。

媽媽在我十八歲生日那天告訴我，現在開始由我對我自己負責，她不會管我了，再也沒有家教也沒有一定要接的工作，現在的人生終於屬於我自己。

只是，這樣的感覺，也太不真實。

「人不都是這樣的？」溫皓穎悠悠的吐出這句話，我有些驚訝的看著他，「我們都想要我們沒有的，卻忘記看看自己擁有的。」

我嘆口氣，的確是如此，沒有完美的人生，卻有乍看之下很完美的人生。

「不紅的想紅，紅的不想紅。」他轉過頭來看我，意味深長。

怎麼，我明明是請他來教微積分，現在他卻變成了心靈導師？

「那我先走了，這個時間，樓下的鄰居大概都進房去了。」溫皓穎突然起身，我反應不過來，下意識伸手抓他，然後順利換得他刺眼的笑，「捨不得我走？」

我趕緊放開手，拍了他肩膀一下，「滾。」

死雙面人，還不趕快滾出我家！

溫皓穎笑嘻嘻的走出門，我再次開始回想，他的個性之所以如此扭曲，有一方面也是來自他那奇怪的家庭吧，雖然我也沒資格說人家怪就是了。

仔細想想，我們似乎也有幾分相似，互相說對方虛偽，但我們也都只是活得按照社會給我們的期待罷了。

一方面說是盡責，又可以說是屈服。

關於這個人，我想，也許還有待商榷。

「昨天，有沒有……嘿嘿嘿。」隔天一起床，就看見應該是剛剛才回家的花花跟左蓉一臉淫蕩的看著我。

尤其是左蓉，那個表情那個眼神再再讓我想報警處理。

「沒有。」我冷冷的推開已經湊到我眼前的那顆腦袋，走進廚房，無視於背後的哀嚎。

「虧我們製造出機會給妳，妳這個白癡！」

「就是要讓妳直接把暖男吃掉啊。」

花花跟左蓉一搭一唱，自以為幽默。

「他才……」話才到嘴邊，我趕緊止住。

他才不是什麼暖男。

就像我不願意讓人知道的那面一樣，我想，還是幫溫皓穎保密吧。

「蔚曉恬妳剛剛想說什麼？」左蓉的腦袋又湊過來，我用力推開她，「夠了喔。」

「沒事啦。」丟下了這句話，我急急忙忙跑進房間，留下外面的左蓉對我大喊：「這節課的教授要點名。」

然後我還是因為點名而屈服了。

我跟左蓉並肩走在校園裡，她看起來心情很好，就算現在是早上八點也一樣。

「咦？蔚曉恬？」一個感覺有點眼熟但我想不起來她是誰，也有可能她就只是個大眾臉的女孩在遠方指著我大喊。

被大眾臉女孩這麼一叫，我的心情又更差了。

「哇，是本人欸。」她急急忙忙跑到我面前，我連忙堆起職業級完美笑容，就如同我一直以來在做的。

「妳好。」就算沒看見，我也知道左蓉現在肯定白眼翻到不能再白。

「我是……」大眾臉女孩滔滔不絕地自我介紹著，我保持著微笑並且適時的在她斷句時點點頭，心裡卻罵了無數次髒話、忍下想揍她的無數次念頭。

妹的，這麼熱，讓我在這曬太陽給蚊子叮。

好不容易她終於閉嘴了，左蓉這才開口，不知道是有意還是無意，她居然現在才告訴大眾臉女孩我們快遲到了。

天知道我是用盡全力才沒在大庭廣眾之下對她比中指。

走進教室，老師已經站在台上，而下面的學生們肯定也都是聽說這節要點名，出席人數空前絕後的多。這堂通識課的教授聽學長姐說是個機車的老頭，看起來大概有六十了吧，他挺著啤酒肚站在講台上口沫橫飛，我這才知道為什麼前兩排都沒坐人——誰想被洗臉？

我百般無聊的滑著手機，直到手機發出沒電的哀嚎，我才摸摸鼻子打算從包包裡拿出行動電源，沒想到，一抬頭就看見前方那顆腦袋，好像有點熟悉。

我連忙轉向旁邊的左蓉，幸好她已經睡得不省人事，否則給她看見又不知道要怎樣揶揄我。

「欸。」我戳了戳那顆腦袋，腦袋的主人才恍若大夢初醒一般坐正。

「哦，是妳。」他的反應跟我一樣，先看看左右，發現沒人注意到我們，大家不是低頭就是睡覺，才轉過頭來。

我用手撐著下巴，問：「今天上課嗎？」

溫皓穎抬起形狀姣好的眉，露出他這貼心暖男不該有的邪魅微笑，「當然，妳這麼欠調教。」理所當然換得我一個砸在他腦門的拳頭。

下課時左蓉要我跟她去一趟系辦交表單，我沒意見就跟著她去了。

在離開教室以前，我還回頭瞪了一眼愛亂說話被我巴頭活該的溫皓穎。

只是，我一直覺得當我們在說話時有人一直在看著我們，但每次我一回頭卻又都沒看見，到底是不是我想太多，疑心病太重啊？

我一面思索著，一面跟著左蓉來到系辦。

「嗨，學妹。」一走進去就看見莫靖余學長坐在裡頭，看起來非常忙碌，跟我們打招呼時才從他的筆記型電腦裡把頭抬起來。

我注意到系辦裡面除了他沒有其他人，看了一下時間也都接近中午了。

「學長怎麼一個人在這？」我問。

莫靖余學長看了我一眼，然後又把視線移回電腦上，做了存檔動作以後蓋上筆電。

「來處理一些系上的事啊，正巧處理的差不多了。」學長對我們微笑，我在心裡怨嘆說這才是暖男吧。

溫皓穎沒女朋友肯定是因為全世界都被他的真面目嚇跑了！

「學姐呢？」左蓉問，一邊環顧著系辦。

「她早上有通識課，應該是跟妳們一起的吧。」學長又笑，只不過我感覺得出他這次的笑容不太一樣，那笑容包含著什麼我還無法體會，但那裡頭散發出來的情感卻無法忽視。

這樣的感情，總覺得有些羨慕。

而且羨慕的不只我，左蓉難得沒有吵吵鬧鬧，低聲說了句：「真羨慕你們。」

我偏過頭去看著左蓉，同時也明白，再怎麼樣看起來開朗熱情的人，背後都一定還是會孤單吧。

而且左蓉，也不是沒受過傷……

還記得高一那年，左蓉搶在我跟花花之前交了男朋友，對方是她的隔壁班同學，什麼都好，配左蓉這樣的女生還顯得左蓉很普通。

大概三個月後，某天放學，我們正好要一起去補習班時，有個女生衝了出來，擋在我們前面。

並且狠狠的甩了左蓉一巴掌。

那個女生是左蓉的男朋友的正牌女朋友，同時，是花花的表姊。

花花的表姊在附近的高職美容科讀書，大我們一歲，走的也是跟甄臻一樣的性感路線，才高二就天天頂著一個大濃妝上學。

當時我們都還搞不清楚怎麼回事，直到那個男生衝出來將花花的表姊拖走。

後來我們才知道，左蓉的混帳男友因為花花的表姊一直和其他男生曖昧，他為了報復她才劈腿、左蓉就在無意之間當了小三、左蓉的混帳男友的正牌女友是花花的表姊。

當這種事情發生在我們生活中，我們都不敢相信，這明明就是連續劇裡才會發生的事情不是嗎？左蓉為了那個男生甚至天天以淚洗面，我跟花花看了也不知該如何是好……尤其是花花，夾在親人與朋友之間，明明錯的都不是她們，卻要由她們來承受這一切的傷心難過。

不過，最後那個男生轉學了。左蓉在門口被打的事情幾乎全校皆知，透過我跟花花的解釋、一傳十、十傳百，最後幾乎全校也都知道發生什麼事，沒有人有辦法在這樣的撻伐下生活。

可能是因為這件事，她們兩個表面上假裝的一臉很缺的樣子，卻總是在對方掏出真心時而逃跑，大家都被傷得太重。

有時候，這樣平淡的愛情反而令人稱羨吧。

「我們也是會吵架的啊。」學長說，但我知道，就算吵架，最後一定也還是會和好——這才是注定要在一起的一對。

「哦？你們都在啊？」背後傳來的女聲讓我一陣雞皮疙瘩都起來了，是甄臻，而起雞皮疙瘩的我感覺到隔壁的左蓉毫不掩飾的厭惡。

我想左蓉之所以那麼討厭甄臻，可能是因為她讓她想起花花的表姊吧？

就算甄臻說起來也是無辜的，她還是跨不去心裡的坎。

我抬頭，剛好可以看進學長的眼眸，卻在他的眼神中捕捉到一閃而逝的異樣情緒。我不知道左蓉看見了沒，我們倆同時轉頭，這一切發生的太快，以至於我們看到站在門口那兩人時有相同的震驚。

「嗨。」

當我看見不知道是被甄臻抓著手還是跟她手牽手、和我打招呼的溫皓穎時，竟然不知道該回答什麼。同一時刻，我也想起來，剛剛在教室那個被注視的感覺，原來就是來自甄臻。那種感覺，我絕對不會搞錯。

空氣凝結在溫皓穎那句招呼聲之後，我與左蓉的默契讓我們不用發出聲音就能溝通，我們都搞不清楚現在什麼情況。

「哦，不覺得這學弟很帥嗎？」見我們都沒開口，甄臻再怎麼白目也注意到場面實在尷尬，放開溫皓穎的手就直接黏上莫學長。

學長露出他的微笑，我們都知道，那微笑和平時不同。

然後還是沒人說話。

興許是開口也不知道說什麼，站在這也這是讓場面更僵，左蓉拉著我的手，簡單和學長點頭示意就準備離開。

「哎，等等。」甄臻這時候又開口，如果說怒氣可以殺人，那麼估計甄臻現在大抵是沒命了。

「要不要一起去購物中心對面新開的餐廳吃晚餐呢？」

怕左蓉一開口就要吵架，我連忙回答，「我們晚上正好有事，不好意思。」

「真可惜，本來還以為終於有機會和曉恬學妹一起吃飯了呢……」甄臻露出惋惜的表情，但她實際上有沒有真的感到惋惜就不得而知了。

見甄臻好不容易有閉嘴的跡象，左蓉連忙把我拉走，臨走之前，我只聽見甄臻對溫皓穎說：「學弟，那你呢？」

「搞什麼鬼啊！」確定系辦裡聽不見之後，左蓉很沒形象的朝系辦比中指，就差沒吐口水。

正午時分，周圍沒什麼人，我忍不住也翻了個白眼。

就這樣看來，甄臻學姊到底憑什麼配莫學長那種人啊？

還有她把溫皓穎帶來系辦是想表達什麼？

「那個甄臻，八成是有病！」左蓉大罵，「不對，她可能真的有，勢必得把她身家調查一番。」

我沒阻止左蓉打探別人隱私，因為我明白她就是這種人，一股熱血的做自己認為對的事。

而且，我絕對不會承認，其實我也覺得她有病。

離開大樓後，我和左蓉隨便買了一些東西就回宿舍去了。雖然九月了，但毒辣的太陽大概還是不肯放過我，一直用要置我於死地的熱度照耀我。

經過一番折騰，我們兩個終於回到宿舍，一看到坐在沙發上用電腦的花花，我就覺得上帝真的很不公平。

「妳們兩個剛剛去游泳哦？」花花一邊吸著她那噁爛的無糖珍珠奶茶，一邊挑眉。

「游你妹。」左蓉朝她比出今天第二隻中指。

我瞪她一眼表示我的不愉悅，拿著午餐就躲進我的房間把冷氣開到十六度。躺在地上，鼻腔內盡是我所熟悉的薰衣草香，整個人都放鬆了下來，這才想到，溫皓穎是不是昨天有說今天要來上課？

想到他，不知道他跟甄臻什麼關係、他會不會放我鴿子呢？

越想越覺得，自己好像看著一個複雜的情況發生，逐漸形成一個將所有人都拉進去的漩渦，雖然不一定是我所想的那樣，但，我總覺得甄臻這女生不簡單。

忘記是誰曾跟我說過，思考總是讓人昏睡，我想著這些事情，想著想著居然睡在地板上……直到某個人衝進我的房間。

「蔚——曉——恬——啊啊啊啊——」某個像是看到鬼的女人衝了進來，「靠，妳是住北極嗎？」

正想否認，鼻子卻很不爭氣的發癢，「哈啾。」

完蛋了，是不是感冒了……

「哎唷，開什麼十六度，不感冒才有鬼！」左蓉看著我的冷氣遙控器，在她的嘖嘖聲之中把溫度往上調了大概十度。「算了這不是重點，我跟妳說，我剛剛發現一個驚天大祕密！」

我已經懶的問她為什麼朋友感冒不是重點了……

「甄臻家有個新興的超大家族企業欸，據說是不到一年前開始迅速擴大的，現在走在路上不看到她家的企業都奇怪。」

我白眼，「這算什麼驚天大祕密？」

「還沒完，拜託，我是誰啊，我是左蓉欸。妳……」

「停！繼續剛剛的話題，謝謝。」我知道，要是不阻止左蓉，她肯定到天黑都不會告訴我她到底發現了什麼。

「吼。」她發出不悅的聲音，我不為所動，她也只好放棄，「學長家是甄臻家的下游廠商。」

「人家是不能……等等……」我恍然大悟，「可是會是我們所想的那樣嗎？人家說不定是……」

左蓉對我翻白眼，無聲的阻止我發表對這件事的見解，「不然妳說，學長是看上甄臻哪一點？除了她的長相她大概沒有可取之處吧？而且，要說長相，跟她差不多但個性比她好的人應該滿街都是吧？不是為了錢是什麼妳說啊。」

雖然左蓉這麼解釋沒錯，但還有一個最重要的問題，「妳覺得學長是那種人嗎？」

此話一出，饒是左蓉也不知道該如何反駁。

學長不是那種人。

「誰、誰知道，說不定我們都還沒看出莫靖余的真面目！」

左蓉說完這句話就離開了我的房間。

我這時確定了她真的非常討厭甄臻，因為她給人的感覺實在和花花表姐太過相似。也許正是因為如此，左蓉才想用一切辦法說服自己，那樣的女人是得不到幸福的。

Chapter 5 - 愛就是漩渦

「所以這邊就是要用剛剛那個方法……喂，妳有沒有在聽啊？」坐在我旁邊的溫皓穎拿筆敲了一下我的腦袋，我這才回神。

「有啊，我有在聽……」我回答，自己都不相信自己說出來的話。

沒辦法，只要看見溫皓穎的臉，我就會忍不住想到中午那個畫面，然後又想到甄臻、想到學長、想到左蓉，接著把一切越想越複雜……

我實在不敢開口問他，萬一我知道了什麼祕密，像是他是小三之類的，我一定會整個禮拜都在糾結這件事。

「妳想問甄臻的事哦？」溫皓穎露出皮笑肉不笑的表情，一手轉筆一手撐頰，一副我把一切都寫在臉上的欠揍表情。

我點點頭，不置可否。

「是她跑來搭訕我的。」

聽他這麼說，我忍不住白眼，明明手牽手還好意思說女生搭訕他……

「然後她就自我介紹，再來就一副突然想起什麼的樣子，拉著我的手就去找你們了。」溫皓穎聳聳肩，好像這一切都不關他的事。

「你知道她有男朋友嗎？」看他這種態度，我忍不住燃起一把大火。

就算我也不知道我在氣什麼。

他再次聳肩，無視我的怒氣，「不知道。」

我對溫皓穎翻了個大白眼，「陌生女子拉你走你不知道要反抗嗎！」又一個忍不住，我掐著他的衣領前後搖晃。

「幹嘛？我又不是妳家的。」他淡定的拍掉我的手，「況且她自我介紹過啦，所以不算陌生人。再說，我可是有偶像包袱的男人。」溫皓穎用手撥弄瀏海，完全、一點點都沒有陽光暖男的感覺！

「據我保守估計你的真面目不用一個禮拜就被拆穿了！」指著他的鼻子，我發出豪語。

但他卻回給我一個冷笑，「妳確定？我已經快四年沒被拆穿了。」

我傻住，溫皓穎從他哥哥離開的那一天就當著這樣子的一個人。可能因為提早看清這個世界，所以提早開始學會用假象示人。

像他這樣，也算是替自己活過嗎？

而且，為什麼要把這一切告訴我……讓我幫他糾結？

「為什麼要告訴我？」在我意識到以前，心中的問句早已不小心脫口而出。

我戰戰兢兢的抬頭看他，深怕他說出什麼我不承受不住的事實。

沒想到他只是嘆口氣，「我不是說過了，因為我們交換祕密了。而且，妳比我更可憐。」

張著嘴，我發不出聲音。
這句話他似乎也說過了，也許是我不肯去相信而已，我一直以為在別人眼中的我是令人羨慕的，殊不知其實在某些人眼中，我才是最可憐的。
「好啦，今天先到這，我走了。」他背起自己的背包，走到房間門口，我則跟著起身。在開門的前一刻，他猛然回過頭，「不要想太多，妳沒辦法改變的就接受吧。」
再一次，我什麼都無法回應。
溫皓穎……你到底……
「怎麼一教完就急著跑？」當溫皓穎走到家門口時，被正巧走進來的某兩個女人眼明手快的抓住。
「對啊，我們又不會性侵你。」其中一個女人說出疑似構成性騷擾的話語。
「不好意思……因為等等還有約……如果妳們也有問題，隨時可以打電話給我……」
我站在他們後面，翻了我出生以來最白最白的一次白眼。
以前那些女生都不算雙面，真正的雙面人大王在這裡啊！
經過一陣推拖拉扯以後，溫皓穎總算消失在我的視線以外。
他一走，左蓉立刻露出「妳真可憐」的表情看著我，夠了，怎麼最近大家都覺得我很可憐？
「看來甄臻比妳有吸引力。」
「哈啊？」
「她今天不是也有約溫皓穎，我賭他一定去找甄臻了。」左蓉一臉不屑。

他去找誰我倒不是那麼在意，因為比起他的那些八卦，我對他整個人更加好奇，我相信，他絕對不是只有表現在我面前的那部分而已。

但他同時也是第一個對我說實話、說我很可憐的人。

我的現在並不是那麼值得羨慕，縱使我曾為此付出過多少。我也曾經兩度問過他為什麼要對我說這些，而他的理由一直都是那該死的交換祕密。

老娘到底什麼時候要跟他交換了？

越想越覺得吃虧，我決定出門逛街。心情不好時，購物就是治癒這些鳥事情所導致的爛情緒的最佳方法。

「出門。」我回房間背起我的包，用食指甩著車鑰匙，掠過兩個躺在沙發上敷著面膜叫我買宵夜的女人。「別想。」我朝她們做鬼臉，然後關上門。

我開著車，現在時間大概是晚上八點快九點，可能因為是接近周末的原因，路上的車不但多，還每台都急著要去投胎似的叭來叭去，好幾次我都希望自己車上有球棒——我不是要打人，我只是怕被打。

在購物中心附近繞了幾圈，我好不容易才在購物中心對面找到一個超棒的停車位，關上車門，我一抬起頭，就忍不住罵了一聲髒話。

幸好旁邊沒人聽見，但我怎麼就是走到哪裡都離不開他呢？映入我眼簾的，就是甄臻稍早提過的，那間新開的餐廳。

經過店裡的大片落地窗旁時，我下意識的稍微瞥了店內一眼，這間店因為是新開的、而且擁有絕佳的地理位置，店內座無虛席。

可我還是在人山人海中發現了他們的身影。

他們那一桌有一大群人，我認出幾個有點面熟的人，應該是系上的學長姐或同學，可那都不是重點。學長坐在角落的位置，甄臻雖然就坐在他旁邊，身體卻很不安分的一直往坐在她旁邊的溫皓穎身上貼，完全無視她的男朋友就坐在旁邊，溫皓穎也不知道是腦子打結還是怎樣，也不拒絕，我這個旁觀者都看不下去想揍她一拳了，怎麼那些人有辦法跟他們坐在一起吃飯！

定在原地看著他們，心裡罵了幾次婊子之後，我忽然想起我是要用購物來忘記他們的鳥事的，不應該又自己跑回來。

只是，天好像從來不從人願似的，當我打開皮夾時赫然發現自己忘記帶卡……

啊不就還好我有先來買星巴克，不然等等在精品店付不出錢就糗了。

身上沒帶那麼多錢，想了想，我決定去看電影，畢竟電影跟購物的存在意義都是一樣的，都是為了抒發壓力。

挑了一部文藝愛情片，當買票時那個櫃檯人員用看到鬼的表情再三對戴口罩的我確認是不是重點只要買一張票時，我真的很想拉下口罩，用會把口水噴到她臉上的音量告訴她老娘就是一、個、人！

不過我終究還是沒有，因為我不想上明天的報紙。

獨自坐在夜晚的電影院看電影雖然是別有一番樂趣沒錯，但不知怎麼的，我越坐就覺得頭越暈，直到最後我再也沒辦法撐住，直接睡在座位上。

我想，隔壁的人，應該覺得這個孤單的女人很沒情調吧。

「還好嗎？」在睡夢中，我感覺到有人正搖晃著我的手臂，我也沒力氣反抗他，繼續睡。

「先生，請問真的不用叫救護車嗎？」然後是一個女孩的聲音。

剛剛搖晃我的人輕輕嘆了口氣，隨後我居然被他以公主抱的姿勢抱起，我當下大驚，想使力反抗，才驚覺我真的幾乎失去所有力氣。

「不要亂動，不然我等一下就手滑給妳看。」他貼在我耳朵旁邊說，我想起來這個聲音是誰的了。

「皓穎，你要帶她去哪？」跟剛剛不同的女聲在我附近響起，我大概也知道這聲音是誰的。

雙面人溫皓穎再次嘆息，好像是我求他把我抱起來的一樣，「曉恬發燒了，我帶她回家。學姊，妳先跟學長一起看吧。」

「讓工作人員幫她送醫就好了啊。」聽甄臻這麼說，我忍不住抖了一下，我想此時站在旁邊的工作人員應該還沒發現這個「曉恬」就是她知道的那個「曉恬」吧。要是讓他們把我送醫，我就真的要上報紙了啦！

用著比剛剛阻止溫皓穎抱起自己的力量大好幾倍的力氣，我想證明自己可以，不用送醫，卻不小心說服自己，好像要送醫了……

「我自己送比較安心。」語畢，我就被抱著離開影廳。

若是有人對女生說這種話，那肯定讓人興奮又害羞，我也不例外，要是溫皓穎沒有偷偷在我耳邊用台語說：「會怕鼾。」的話。

當他把我放進副駕駛座的時候，他拿下我的口罩，沉默了一會，三度嘆氣，「怎麼每次都是妳這女人。」

我才想問他為什麼我走到哪裡都擺脫不了你這男人咧！

「應該不用去醫院啦，我想妳這女人大概死不了。」他冷笑，確確實實就是欺負病患。

耗盡全身力氣，我對他比了一個中指，再來就……不省人事了。

當我終於能睜開眼的時候，似乎已經是隔天中午。

我看著四周，不陌生，又是溫皓穎家。

認識幾天而已，居然住了他家兩次，這不是孽緣是什麼？

我坐起身，額頭上的濕毛巾剛好掉在我面前，我這也才發現，溫皓穎居然趴在床旁邊睡覺。

看來這個人，雖然嘴巴壞了一點，其實還是滿溫柔的嘛。

我仔細端詳著這張用來欺騙世人的臉，想看穿那張臉後面藏著的是什麼，卻剛好對上他睜開的眼睛。

「幹嘛？」他溫熱的氣息吐在太過靠近的我的臉上，「妳嫉妒我帥？」

送了他一記中指，我轉過身去躺好不理他。

「欸。」他從我背後推了推我，「好了就滾啦，我要睡覺。」

我假裝沒聽見，我本來以為他會老老實實給我去睡沙發，沒想到，他真的把我推下床，連他那被我捲成一團的棉被一起。

「有沒有良心啊你！」我坐在地上，伸出手指控訴他。

溫皓穎喬他的枕頭，看也不看我一眼，「照顧妳這傢伙整晚，妳說我有沒有良心？」

好啦，有。

我摸摸鼻子，很將就的勉強睡在地上。

不過，房間裡睡一個男人的感覺真的很奇怪，我扭來扭去就是睡不著，反倒是他，過沒多久呼吸聲就變得平穩。我聽著那規律的聲音，最終也進入夢鄉。

「起來啦，豬喔。」某人透過棉被踢了我一腳。

「不起來是不是？」背脊突然一陣惡寒，在我屈服爬起來之前，溫皓穎已經把棉被整條拉走，害我又撞到地板。

我坐了起身，妹的，頭撞到，就已經感冒頭痛了還撞到頭……

低著頭，我一點都不想動。

我討厭溫皓穎，臭傢伙。

「怎樣啦？」他略帶笑意的聲音在我頭頂響起，我還是不想動，我也懶得比他中指了。

「在哭喔？」

不想回答。

「欸，妳……」他的聲音來源移到了我身前，我可以用餘光瞥見他伸出來又縮回去的手。

活該，臭溫皓穎。

「不要哭。」溫皓穎最後還是伸出手來揉亂我的頭髮，「沒化妝就夠醜了，再哭還得了。」

「欸！」我站起來揍他一拳，「老娘很正。」

沒想到這好像又是他的圈套，溫某人朝我扔出冷笑，「再假哭啊。」

意識到中計了，我哼一聲不再說話。

「生氣了。」他說，明顯就是又在冷笑。

「我要去把車子開回家。」我頭也不回的握住他家門把準備出去。

「要我送妳嗎？」溫皓穎佛心來的，在我關上門之前，開口。

但我可是蔚曉恬欸，超有骨氣的女人，我霸氣回應：「不必。」然後關門。

當我站在電梯前佩服自己的骨氣時，溫皓穎家的門冷不防又被打開，「小姐，皮包手機都不用拿？有錢也不是這樣。」

是不能讓我佩服自己三分鐘嗎！

我從他手上拿走自己的東西，咬牙切齒的對他說：「再見。」

如果告訴人家，蔚曉恬只要在溫皓穎面前就會變成一個只能挨打的小廢物，大概只有兩個人會相信，那兩個人就是我跟他。

估計大概所有的人都會說：「哎呀明明是妳欺負人家吧。」

可惡，我一定要想辦法整回來。

睡覺真的讓時間過得很快，我明明什麼都沒做，時間卻已經傍晚。我站在夕陽的餘暉之下，攔了輛計程車，直奔我愛車的所在地。當然，溫皓穎朋友那些曖昧的眼光通通被姊無視了。

「幹。」

我真的不是故意罵髒話的。

只是當妳下了計程車準備找妳的車，才發現車被偷妳什麼感覺？當然是幹。

我在附近繞了幾圈，確認不是自己記錯位置，是車被偷之後只感到全身無力，坐在旁邊的涼椅上，那種無力感又回來了。

被媽媽知道車丟了一定被罵死。

手機拿起來又放下，想告訴誰卻又不知道要告訴誰。

「起來啦。」有人站在我前面，雙手插在口袋裡，叫我起來卻沒有要拉我的意思。

「滾啦。」我說，這個人真的很煩，不管我怎麼想遠離，他總是會出現在我面前。

溫皓穎嘆氣，然後在我旁邊坐下。

完全沒徵詢過我意見就坐下。

懶得看他，他現在已經從雙面人進化成雙面跟蹤狂，但他卻拿出不知道從哪裡來的外套，披在我身上。

我扭過頭瞪他，溫皓穎不閃躲，直直盯著我，「妳以為自己很勇是不是？就算是九月，傍晚也是會冷，妳還穿那麼少是要死。」

忍不住笑出來，想想也好久沒人對我說這種話了，「好像我爸喔你。」

他哼一聲，沒什麼意見。

我們就坐在那兒，看著夕陽落下。

「好像該先報警對吧？」先起身的是我，溫皓穎接著也起身，問：「那妳要怎麼去？」

沒想到會被這麼問，溫皓穎這傢伙是在等我自己說要讓他載這種話嗎？

可是蔚曉恬這個人是最有骨氣的，我沉默，就只是盯著他看。

溫皓穎聳肩，「我是沒差啦，可是我騎機車哦。」

騎……機車？

「拿去。」他丟給我一頂黑色的全罩式安全帽，我瞪著這頂安全帽，不知該怎麼做。

是的，我沒坐過機車。

溫皓穎露出那種看見鬼的表情，「妳……」想說什麼，最後變成一個長長的嘆息。

他幫我戴上之後，要我坐在後座，我乖乖照做。

不知道這會不會很危險？

「妳，不能亂動、不能搔我癢、不能伸出手。」出發之前，溫皓穎耳提面命了一番。

「好啦好啦……啊——」我趕緊抓住他的衣角，溫皓穎這傢伙要出發之前是不會先提醒一下嗎！

這樣真的沒超速嗎？

「妳不要一直抓我衣服，會皺掉啦。」停紅燈的時候，他掰開我的手，我很無辜的反問他不然抓他脖子嗎，溫皓穎他大人直接把我手放到他腰上，算不算性騷擾？

除了一開始被嚇到以外，我一路上都忍住沒叫出聲，如果我叫出聲，溫皓穎八成又會故意要嚇我，我是、絕、對、不、會、自投羅網的！

「到了啦。」他轉過頭來，我趕緊把埋在他背上的臉移開。

我們一起進了警局，做了筆錄之後還跟警察還有裡面被拘留的犯人拍了照。

為什麼要拍照？因為幫我們做筆錄的警察是個女警，她說她注意我很久了，看在她是人民保母的分上我跟她拍了好幾張照片，她笑的跟抽中一台車一樣。

之所以跟犯人拍照是一個更扯的理由，裡面有個偷竊現行犯正巧被拘留，她一看見溫皓穎，哇，那可是一個驚為天人，一直苦苦哀求他當她男朋友，我傻眼、溫皓穎又溫溫吞吞的不肯直接拒絕，讓我心裡一把火又燒起來，明明對我就不是這個樣子！

於是我對那個溫皓穎追求者說，「人家都說不要了。」溫皓穎還是跟嫌犯拍了張照，我白眼白眼白眼！

雖然解決了，但這下可好，那個女警一臉發現驚天大八卦的樣子，離開前一直告訴我她不但會幫我把車找回來，還會幫忙保守祕密。

是要保守什麼祕密啦！我用力踩了一下在一旁偷笑的溫皓穎一腳。

我賭氣，整路都不跟他講話。

每、次、都、這、樣！差別待遇。

「喂，妳家到了，還是妳想跟我回家？」

「我不要！」我快速跳下機車，把安全帽交還給他，基於禮貌還是說了聲：「謝謝。」
這時候我才察覺到，溫皓穎平常都在載誰啊？怎麼會隨身攜帶兩頂安全帽？
「妳也會說謝謝喔。」他調侃著，我直接開口問出我的疑問，「你平常都載誰啊？」
溫皓穎挑眉，「甄臻啊，不然還有誰？」
忍不住，我對他翻白眼，甄臻、甄臻，都有男朋友了還這樣，溫皓穎你是想當小三是不是？
「沒有啦，開玩笑的，先走囉。」
語畢，溫皓穎立馬騎車離開現場。
可惡，又被騙。
這男人，真的很無聊又很討厭欸。
「哎唷哎唷。」可是我又忘了，家裡還有兩個更無聊的女人。
我一進門，馬上看見兩張臉在我面前瞬間放大。
我甚至懷疑他們兩個早就蹲在門邊伺機而動，準備我一開門就衝上來。
「幹嘛？」
「我們都看到了。」花花退到後面，顯然剛剛只是配合左蓉的動作，她對溫皓穎其實沒那麼有興趣，只是關心她什麼時候可以把我嫁出去而已。
「他載妳回家！」左蓉興奮的說，看了真的想把她巴下去。而且剛剛被鬧一下，居然忘記車被偷的事！

我越過左蓉，一屁股坐在沙發上，「我車被偷了。」

「蛤？」另外兩人一副看見鬼的樣子，我只好以嘆氣表達我真的沒在說謊。

花花坐到我隔壁，輕輕拍了拍我的肩膀，「沒關係啦，我覺得妳媽不會對這種事太生氣。」

「她會用這件事來當作我長不大的證據，叫我跟她去巴黎。」我知道，就算她口中說十八歲不管我了，但還是希望我能夠繼續朝她的理想發展，甚至更進一步。而且，只要她希望的，她會想盡辦法都要達成。

「算了。」我站起身，煩惱這個也沒用，遇到再說。我看了看她們兩個，兩個都化好妝打扮好了，不知道又要去哪裡瘋。

「要去哪？」

「夜店。」花花聳肩。

我一向不是很喜歡去那種地方，吵的要死又一堆看起來很騷的女人。她們也知道我是怎麼想的，所以要去這種地方通常不會找我。

可是今天老娘心情不好，心情不好通常就是要做一些跟平常不一樣的事情。

「我要去，等我。」我進去快速梳洗了一番，餘光瞥見那兩人對看的畫面。

「蔚曉恬妳終於……」在左蓉裝出哭腔時，我用馬上用迅雷不及掩耳的速度阻止她，「只有今天。」

因為我的車被偷了，所以為了大家的安全，今天由花花開車。

左蓉開車我只有體驗過一次，為了性命著想我暗自告訴自己，再給她載我就是白癡！

我想她大概是那種欠丟到德國的無限速高速公路玩耍的人。

還好佛祖保佑，我才能坐在這裡。

花花開車，雖然比左蓉安全，但她還是有個怪癖。

她開車一定要戴墨鏡。沒錯，不管白天晚上都要戴墨鏡，根據當事人的說法是因為這樣比較帥，至於這樣到底看不看得見路……我真的不想知道。

「蔚曉恬妳終於擺脫頹廢生活了！」左蓉坐在後座尖叫，我轉過去揍她一拳，「我哪裡頹廢？」

「唔……」左蓉摀著被揍的腦袋，一副我欺負她的樣子，說：「一般大學生，都會去夜店吧。沒人跟妳一樣，二十歲就一副中年的樣子。」

我扶額，「去夜店哪裡不頹廢妳倒是說說看？」

「欸，妳看那家店真可愛！」

「不要轉移話題！」

我們一邊吵吵鬧鬧的，很快來到目的地。

這邊跟我記憶中的一樣，很吵，舞池裡男男女女擠在一起好像很嗨，一堆喝得爛醉的人。

我轉頭想找花花跟左蓉，卻發現兩個人都不知道瘋到哪裡去了。

雖然說要做一些平常不會做的事情，但要我擠進去那種地方，說真的還真沒辦法。我無法接受這種跟陌生人黏在一起的感覺。

在旁邊相對安靜的吧台點了小酒，我索性坐在這兒看著一切的繁華糜爛。

我環顧四周，最後目光停在我隔壁的男人身上。

他低著頭，前面放了一大瓶威士忌，瓶內已經空了一半。感覺心情很糟，我幾乎都能感受到他的痛苦，更奇怪的是，我還覺得他給我的某種感覺非常熟悉，只是他一直不抬頭，我也無從確認。

我暗自觀察著他，打發掉幾個搭訕的人之後，他的酒瓶也空了。

當他抬頭想再叫一瓶時，我終於明白自己的熟悉感是怎麼回事了。

「學長？」

對方聽見我有些驚訝的口吻，放下酒杯轉過頭來。我和他四目相接，他是莫靖余，但透過他的雙眸，我望見的竟然不是那個溫柔的男人。

「學妹。」他微醺，喚著我，莫靖余沒醉，我卻看見他想就這樣醉倒的靈魂。

我沒問他怎麼了，不用說出口，也大概能夠猜想的到，於是我拿過他的威士忌，給自己倒了一杯，

「學長，敬你。」

我一口飲盡，皺著眉頭，心想學長雖然表面上看不出來，酒量倒是挺不錯的。

「學妹……」同樣飲盡杯中物以後，學長靠在椅背上，整個人轉向我。盯著我，學長突然問了：

「我是個糟糕的男人嗎？」

呃？

雖然很想大聲回答他，至少有另外一個姓溫的比他糟糕，可是這種時候的男人是刺激不得的，於是

我將雙手放在他的手上，堅定的告訴他：「你不是。」

至少在我眼裡，真的不是。

「我很努力要愛上甄臻。」學長抓住我的手，像是想抓住什麼，卻又什麼都抓不住，「我為了她，放棄我所愛的，得到的除了錢還有什麼？」與其說他在和我抱怨，倒不如說學長在問自己吧，「她一句我愛上別人了，我變得就像個白癡一樣。」

我沒有去想，甄臻究竟愛上了誰。

因為，不用想。

溫皓穎……

「當初是甄臻一直追著我，這件事被我父母知道後，他們大概是費了半輩子的力氣，才讓我跟她在一起。」學長說著，我以為他會哭出來，但沒有。他在說的彷彿是別人的故事，哀戚的讓人感同身受，聽者卻終究不會是當事人。

「我當時，有一個愛了很久的女孩。理智上我不容許自己做出對不起任何一個人的事，情感上卻幾乎崩潰，一直到她身邊有另外一個人出現。那時候，我才明白，我們的人生終究是兩條平行線，即便能遠遠的就看見對方，卻終究不會有交集。」

終究不會有交集……

當時，那個男孩也是這樣告訴我的。

我們不是同一個世界的。

「我努力要讓自己愛上她，那是第一次，我覺得自己真的有做不到的事情。可是，這是我必需要做的，我是莫家唯一的孩子，所以我必需要。」

我看著他，原來，學長也是這麼身不由己。

只要是人，活在這個世界上，就一定必需要按著某些規範，偽裝自己。

「學長……」我輕輕的喊他，也知道他的難過並不是出自於喜歡，而是，一種不甘心。

就算明白自己非這麼做不可，還是沒辦法心甘情願。

學長放開我的手，扯開微笑，很勉強的微笑，「對不起，讓妳聽我抱怨這麼多。」

我收回手，搖搖頭。

我想，我很喜歡學長這個人，那種不願意傷害所有人、只顧著把傷痕往自己身上攬的性格，我從來沒有遇過，所以更顯得彌足珍貴；我想，如果哪天學長能夠遇見那個愛著他而被他深愛著的人，那個人一定很幸運；我想，他值得更好的。

因為他是這樣的一個人。

我站起身，走向他，給了他一個擁抱。

是真誠的擁抱，沒有面具，此時此刻的蔚曉恬，是真心希望這個男人幸福且真心給予祝福的。

他愣了一秒，也回抱我。

和學長道別後，我不禁想，人與人之間，如果能這麼簡單這麼溫暖，那不是很好嗎？

我想，學長也不希望別人看見那樣的他吧。

每個人，都有不想被看見的一面。

「蔚曉恬，今天換妳倒垃圾啦！」花花站在外頭，用有點奇怪的聲音，朝我大喊。

難得她今天沒有宿醉居然站得起來，昨天喝那麼醉，我還以為她今天會睡到傍晚。

「哦。」我回答。

老娘昨天可是扛著兩個女人回家。

那兩個人，昨天簡直是喝成一灘爛泥，要不是我平常有在運動還有學長的幫忙，我大概要坐在門邊等她們酒醒再回家吧。

我走出門，外面卻沒人，那剛剛是誰在叫我？

「花花！」

「幹嘛？」

花花的聲音什麼時候變得這麼大了？我走向她的房間，旋開門把，果不其然，那女人還躺在床上，連眼睛都沒張開。

手上還握著市場擺攤神器，叫賣用擴音器。

「妳……」

我嘆口氣，關上門，真虧花花想得出這種方法。

不過要不是花花，等她們酒醒後我一定會被圍毆，我已經三次忘記倒垃圾了，甚至被左蓉警告再忘記一次就要把所有垃圾丟到我房間。

我收拾了一下廚房、客廳、睡死的左蓉的房間、花花的房間、我自己的房間，像集超商點數一樣很快集滿了一大袋垃圾。

提著垃圾走出門，對面那沒人居住的套房今天似乎有新的住客搬來。從我們搬進來之後對面就一直是空房，甚至我們還猜想過那會不會是一間凶宅。

「皓穎！」此時電梯正好停在這一樓，裡頭率先走出一個看了就討厭的女人，後面跟著幾個男生，他們手中都搬了東西。而討厭的女人口中喊的名字，我真的很想相信是我聽錯了。

「曉恬學妹？」

對，那個女人就是甄臻。

Chapter 6 - 想跑也跑不了

「學姐。」我禮貌性的點頭致意，還搞不清楚現在到底什麼情況，那個最討厭的男人就滿身是汗的從我家對面的套房走了出來。

「曉恬？」他假裝驚訝的對我微笑，我也假裝出親切的微笑，天知道我多想揍他，「妳也住在這層樓啊？」

死溫皓穎，驚訝個屁，你是沒來過嗎？

「哦，對啊。你要搬來這裡嗎？真巧。」我丟下這句話，沒等他回答就趕緊進了電梯。所以他們兩個，現在是上演我與愛人的同居人生就是了？白眼。

把垃圾放在樓下的垃圾子車上，心想回家也是無聊，還要遇到甄臻一次，怎麼想都不該回家。我慶幸著幸好自己剛剛有帶錢包跟鑰匙，雖然沒有車子的我只能用走的，可是轉念一想：沒關係，散步當減肥！

我漫無目的的走，不知不覺的，走到學校附近。

傍晚時分有很多附近的居民在這裡運動，我走進校園，看著那些帶著孩子出來跑跑跳跳的父母，忍不住想，要是那是我父母，該有多好？

即便這對大多數人來說沒有什麼，但其實，能在一起享受平凡，就是最平凡的美好。

肚子叫了一陣，我才發現自己起床到現在都沒吃東西，雖然我也才剛起來。現在這種頹廢的人生以前的我一定沒辦法想像，自己有一天也可以揮霍青春。

人生，真的是一直不停不停的在推移，等到發現的時候早就完全不一樣了。

我走進學校內的便利商店，暫時將這些東西都不健康的念頭扔掉，拿了一個御飯糰去結帳。當我好不容易找到一個位置，正要開始享受我那疑似是晚餐的早餐時，我的早餐冷不防的被抽走。

「欸。」正想開口罵人，對方卻先開口了：「這不健康。」

「學長？」學長是站在我的背後，手越過我的腦袋，將飯糰拿走的。我抬頭看著他，正確來說，是看著飯糰。也是這種時候，我才發現學長滿高的。

學長走到我旁邊坐下，沒有要還我飯糰的意思，也沒有開口。

「學長？」

他對我露出不好意思的微笑，搔搔頭，「昨天……真的很不好意思。」

因為溫皓穎的關係，我開始懷疑是不是很多溫柔的人都是假裝出來的。要是我昨天沒有遇到學長，我肯定也會開始懷疑，學長他是不是跟溫皓穎一樣，這種溫柔只是偽裝。但我遇見了，所以我很明白，學長就是一個溫柔的人，只想把好的給別人。

「不會啦。」我笑，面對學長這種人，我的笑容不再令自己覺得虛偽噁心。

學長只是低頭微笑著，所以我又開口，「學長，學姊她……」

學姊她怎樣？

我想知道的，到底是什麼。

怎麼連我也不知道。

「她愛上的，是比我更好的男人。」他轉過來看著我，沒有憤怒更沒有嫉妒，比起昨夜，現在的學長好像已經釋懷了。

可是我明白，再怎麼樣，人都會不甘心，都不可能馬上放下。

「學長你很好了。」我說，我們都清楚甄臻愛上的到底是誰，卻沒有人願意說出他的名字，我不懂為什麼，但覺得只要說出口好像就會失去什麼。學長也是吧，只要說出口，就是一種承認失敗的感覺，誰願意？

「謝謝妳，然後，妳別再叫我學長，叫靖余就好。我也叫妳曉恬，這樣可以嗎？」

「好。」

之後學長又說了很多他們的故事，我聽著聽著，唯一的感想，大概是必需要珍惜眼前願意對自己好的人吧。

學長說，很多很多的女生都討厭甄臻，我大概也懂，本來她就不是一個女孩會喜歡的型。當年甄臻被女生排擠的時候，也是學長一直陪伴她。

甄臻究竟在想什麼？

別人的付出，她難道看不見？

不過這樣也好，學長他，那顆心這也才終於獲得自由。

「妳怎麼來的？」學長問，約莫是太陽完全下山以後。從便利商店的落地窗看出去，來運動的人們都回家去了。

「走路，我車被偷了。」我說，唉。

「怎麼會這樣……那我陪妳走回家吧。」學長先站起身，我跟上，肚子又叫了。這次應該是叫得滿大聲的，因為就連學長也回頭，「啊，說的太開心讓妳餓了那麼久，對不起。」

「沒關係啦哈哈哈。」我乾笑。

天哪，超級尷尬。

形象呢？

「要去吃飯嗎？我知道附近有家麵攤還不錯哦。」學長笑著問，我想了想，應該還要帶東西回家給那兩個人吃，便答應了。

「曉恬，要吃什麼？」

學長領著我來到一家小麵攤，這裡雖然小，客人卻很多，而且大部分都是我們學校的學生，坐在靠近我們這邊的學生都因為學長那句曉恬而轉了過來。

我連忙低頭，想假裝低調，不就還好我出門前有擦防曬ＢＢ霜，不然就原形畢露了。拉拉學長的衣角，他連忙蹲低，「學長，外帶啦……」

走在回家的路上，學長手上拎著四碗陽春麵，又是不好意思的微笑。

「總覺得，我好像常常造成曉恬妳的困擾啊。」

我連忙搖頭，「不會啦，學長不要這麼想。」

只是不知道又要被傳成什麼樣子了。

聽左蓉說，學長除了是系學會會長兼本系系草之外，還是熱音副社長，這個男人與蔚曉恬的八卦……不，這個男人與蔚曉恬還有法律系系草的三角戀……應該會是本年度最熱門八卦。

「我發現妳還是沒辦法改口叫我的名字。」學長說，我乾笑。

也不是沒辦法，就是叫名字有些彆扭吧。

學長一直走在我旁邊，配合著我的速度，不快不慢，算是一種小貼心吧。就算我對他而言只是一個學妹，也是那樣。

我們走到家門口時，正巧遇到那些人，那些走進溫皓穎家的人，還有那個討人厭的女人。甄臻勾著溫皓穎，只有看我們一眼，很是得意，真不知道她在囂張什麼。

輸人不輸陣，我拉過學長的手，緊緊牽著，走過去跟溫皓穎打招呼。

「嗨，溫皓穎。」我親切的打招呼，他看起來有很多事情想問，但這對他來說不是一個適當的時機。

「嗨，妳去哪了？」這個感覺是禮貌性一問的問題，只有我明白他想問的是什麼。

嗨，妳現在在做什麼？而且是粗俗台語版。

「我想應該不關你的事，管好你女朋友就好，嗯？」當我說出這句話時，將音量控制在只有我們兩個聽得見的範圍，不然蔚曉恬肯定已經大崩壞。
鬆開學長的手，接過他手上的東西，我環著他的脖子，輕輕的說：「靖余，明天見。」
在我做出動作的時候，我彷彿聽見全世界倒抽一口氣的聲音。
……蔚曉恬妳這次真的是豁出去了。
我走進公寓，關上門，阻隔他們所有人，也阻隔那些八卦的眼神。
只是，我沒想到當我要進電梯時，某人會衝過來抓住我的手。
「幹嘛？」我問，漫不經心。這廝是因為我讓甄臻嚇著了而不悅嗎？真好笑。
「妳跟那個莫什麼的，是什麼關係？」溫皓穎丟了問題回來，我瞇著眼睛，有點不爽。
管那麼多。
從他手裡將自己的手抽回來，我雙手抱胸，口氣很不好的反問，「那你跟那個甄臻是什麼關係？你不知道人家有男朋友嗎？你害人家分手了，你知不知道啊？」
溫皓穎顯然沒想到，我會這樣回答。
我自己也沒想到，可能我比自己所想的還要在意他吧。為什麼會在意？這到底算不算是在意呢？又或者，跟學長一樣，我也是一種不甘心。又或者是替學長不甘心？
「我說過了，是她來纏著我。」他的口氣冷冷的，也是不太爽快。
「你不會拒絕嗎？」
話一出口，我才注意到，自己現在的話語早就已經超過我倆的關係，說白話點就是管太多。對方管太多是他家的事，我沒必要隨之起舞。
就算……會不甘心。
「不好意思，是我踰矩了。」我嘆口氣，走進電梯，他接著跟上，面對著電梯門沒看我，低低的聲音在這小空間裡迴盪。
「我跟她沒什麼，不要想太多，也不要因此去將就什麼人。還有，對不起，我有我的面具要戴，也許妳受不了，那就請妳無視我吧。我們自此就當作不認識。」
我眨著眼睛，來不及消化他的話，電梯門便叮的一聲打開，溫皓穎頭也不回的離去……
望著他的背影，我怔愣著。也是，我明明知道他的難處與過去，又何苦為難他也為難自己呢……
可是，要當作不認識……好像不太可能。
不知道什麼時候開始，我已經放棄逃離這討厭的男人了。
躺在床上，我思索著溫皓穎今天那席話到底什麼意思，要我裝不認識，是要我別去拆穿他嗎？不要去將就，怎麼好像是我因為吃他醋才跟學長假裝很要好的感覺？明明我只是因為看不慣甄臻那個樣子啊……
才剛想到，手機就傳來訊息的叮咚聲。
是學長。
「曉恬，今天謝謝妳。然後，妳最後終於叫我的名字了。」

我回了句不客氣，後來想想似乎有點敷衍了，所以我又補一句：「叫名字很普通的事啊。」

但三秒後，我忽然不確定自己發出這句話，究竟是對的還是不對……

感覺好像是我不願意對學長做一件普通事的感覺啊！雖然這麼說很奇怪，但……唉。

男人嘛，不好應付的。

隔天早上酒醒後的花花跟左蓉都有課，在我起床之前兩人早早就出門去了，留我一個人看家。

搜刮冰箱填飽肚子後，突然有股想吃甜食的慾望，鹹的吃太多，的確是需要一些甜味來中和。想想左蓉前幾天似乎有提過，在車站附近有一家不錯的法式甜點。車站離這裡有些距離，我在玄關放鑰匙的地方找到左蓉的車鑰匙，這代表我不用花錢搭計程車。

鎖上門，我與高采烈的出門去，一打開門，就看見我的對門鄰居很不巧的同時也打開了門。

「……」溫皓穎只看了我一眼，什麼都沒說便轉過去鎖門。

「我覺得，你也不用將就於甄臻啦。」對著電梯門，我悠悠開口，也沒有看向溫皓穎。

他嘆口氣，「就跟妳說我們沒怎樣啊。」很是無奈。

「我明白。」點點頭，電梯這時正巧到了。

「妳要去哪？」他靠在電梯上，問，好像放鬆了不少。

我答：「買蛋糕。」

「跟妳去。」他說，然後在我前面一步走出電梯，留我一個人在電梯裡面傻眼。

溫皓穎要跟我去？

「妳再用那張臉看我，我就拍照PO網。」溫皓穎掏出手機，惡狠狠的威脅還沒從他的異常所帶給我的震驚中脫離的我。

一聽見他要放上網路，我連忙恢復成正常的樣子，「溫皓穎……你幹嘛跟我去？」跟蹤狂現在改行了，要直接正大光明跟著我嗎？

「妳要用走的去我也是沒差啦。」他扭過頭，對我翻白眼。我同時也才發現，明明是他要跟我去，但不知道什麼時候開始，走在前面領路的變成了他。

只不過……原來溫皓穎是要載我去啊。

那幹嘛不直接說！

「哦……」默默收起左蓉的車鑰匙，我小跑步跟上他。

雖然我大可以直接跟他說我有車，可這畢竟是人家的心意，本小姐就坦然接受吧，才不要跟溫皓穎一樣，扭扭捏捏。

「要去哪裡買？」坐在駕駛座，溫皓穎戴起墨鏡。這似乎不是我第一次看見他戴墨鏡的樣子，跟我第一次遇見他一樣。他戴起墨鏡有違他的無害形象，看起來有夠像是要去幹架的……帥哥。好啦，我承認，溫皓穎戴墨鏡蠻帥的，只是「蠻帥」而已！

「火車站附近。」

我打個呵欠，突然覺得其實有個司機的感覺好像也還不錯。

「搬到我家對面幹嘛？」我問。

「我爸買的，我怎麼知道剛好在對面，我如果知道就不會搬去了。」溫皓穎說這話時趁紅燈瞪了我一眼，我聳聳肩。

「本來的地方不是住的好好的……」

溫皓穎聽見我的咕噥，嘆了口氣，「因為我同學到我家開趴，把地板給弄爆，房東就把我趕出來了。」

人善被人欺。

但因為這個「善人」是溫皓穎，所以我非但沒同情他，反而笑的很爽。

他不理我，默默開著他的車，大概也是知道一旦告訴我就一定要被笑一番。而我笑完以後覺得無聊了，只好看著駕駛發呆。

我盯著溫皓穎，感嘆：果然人就是需要某些配件才是，嘖嘖，應該叫他跟花花學習的。

「看什麼看。」他沒轉過來又戴著墨鏡，以至於我不知道他是什麼表情。

「有沒有人跟你說過你戴墨鏡比較帥啊？」忍不住掩嘴偷笑，「比較帥的原因該不會是因為臉上遮住的地方比較多吧？」

溫皓穎沒有回答。

「滾下車。」

在我以為溫皓穎終於受不了我要趕我走以前，他已經停好車，開門。

我連忙解開安全帶，照他說的「滾下車」。

「那家嘛。甄臻昨天也叫我帶她來。」溫皓穎站在我身邊，準備過馬路的時候說。

瞬間還不錯的心情被打到谷底，怎麼不管何時何地何人都要提到甄臻！

煩不煩！

「可是我沒帶她來。」

溫皓穎不知道是什麼時候養成了說話不看人的習慣，丟下剛剛那句話，我還來不及回應，他就拉著我的手過馬路。

臭溫皓穎，讓人家心情起起伏伏很好玩是不是！

一直到走進店裡，溫皓穎才放開我的手。

不等我們走到冰櫃前，店員就笑吟吟的上前來。

「請問是要訂喜餅的嗎？」

當下真有想暴打店員的感覺……

我戴著口罩，剛好可以咬牙切齒不被發現。

老娘十八歲而已還沒滿十九，十八歲就要嫁了是不是，還是我看起來像三十歲！

溫皓穎不知道是對於被認成三十歲沒意見還是面具戴的太好，無比親切的笑說，「不是。」

「哎呀，真是不好意思。原來是情侶要慶祝情人節嗎？」

明明是秋天，慶祝什麼情人節！

妳這店員是不是欠投訴，我只是想來買蛋糕回家嗑！

「對，外帶蛋糕。」溫皓穎此話一出，我馬上睜大眼睛瞪著他。

對什麼對！對你妹！

「那這邊請喔。」店員笑的跟顏面神經失調一樣，十足十是在考驗我的理智。

經歷一番曲曲折折，我手中總算拿著四個蛋糕，還發現自己被暗算了。

左蓉妳這傢伙！

當我拿起放在櫃台上的文宣，才發現這家店其實有個莫名其妙的規定，就是「情侶限定」。店裡面的蛋糕好吃歸好吃，但只有賣兩個一組的，而且只要你不是一男一女一起進來，就會被請出去。為什麼我知道他們會真的這麼做？因為在我面前被趕走的客人就有兩組。雖然看起來假裝成情侶的人感覺也不少就是了。

我自己猜想，其實店員已經看穿了我們根本不是情侶，但為了溫皓穎的美色還是……唉。不過溫皓穎真該慶幸他們有這個規定的，不然我應該會揍死他。

「對什麼對啊……還回答的這麼自然……」

走出去時，我一邊碎碎念，沒注意到走在前面的溫皓穎停下腳步來看著我。

他搶走我手上的蛋糕，很是挑釁的說：「不然不要吃啊。」

「我要。」我伸手要勾，他卻成功利用了身高優勢阻擋我。

「不是不想要？」他邪惡的笑著。

蔚曉恬什麼個性？當然是人家越挑釁我越不能認輸！我揪住溫皓穎的領子，將他拉近。

很多時候，腦內預想到那個動作，非得要等實際做出來才會知道效果。

比如現在。

因為我猝不及防的拉他，導致他沒辦法反抗，一切好像放了慢動作一樣，我看著他靠近……然後這樣給老娘親下去……

還好我有戴口罩……才不是為了遮臉紅。

倒是溫皓穎，一臉看性侵犯的樣子看著我，只有耳根微微透出的紅顯示出他也害羞了。

「拿來啦。」我說，這次他沒抵抗，我很順利的接回蛋糕。

「妳這女人……唉。」震驚過後，他又掛上那個討厭的笑容，搖搖頭，看了除了想扁他還是想扁他。

被他這麼一講，雖然只是一句話，還是讓我不知道該怎麼面對他。

「啊……就、就不小心的……」我真想揍自己一拳，結巴個屁啊結巴。

「沒關係。」他說，我一瞬間以為終於他不再差別待遇，但他立馬補上，「我懂，妳妄想很久了。」

「溫……」

「真巧，你們也在這裡。」

跟背後靈一樣的聲音在我背後響起，這次除了白眼我還想送她中指，總覺得有溫皓穎在的地方就一定會有甄臻。

溫皓穎抬頭，我不安的揪住他的衣角，他不著痕跡的拍拍我的手，不用說明白卻明白我擔心什麼。

剛剛的意外她看到多少，她會怎麼告訴別人？走在一起什麼的，還可以解釋成只是好朋友，但都親到了，怎麼解釋？好朋友會接吻嗎！

「真巧，學姊也在。」溫皓穎朝她點點頭，我這才轉身，勉強和她打了招呼。

「我昨天請你帶我來，你說不喜歡這裡……怎麼今天就差別待遇了呢？你這樣讓學姊有點傷心。」這女人，明明是想跟溫皓穎被誤認成夫妻還是情侶吧！太明顯了，看了就討厭，像這種自認為全世界都要照她意思做的女人。

「學姊，我們只是巧遇。」偷偷在背後比了一個中指，我笑說。

「原來如此，那我可以約皓穎去喝咖啡嗎？」甄臻變本加厲，事到如今我也不能說不好，只好點點頭，「請便。」

溫皓穎有點擔心的看著我，我不得不懷疑是他太了解我還是我是路痴這件事太明顯。

「那我先走了。」硬著頭皮，我加快腳步離開了現場，也不想想自己是不是要真的有辦法回家。

確定自己離開他們的視線以後，我的腳步漸漸慢了下來。開始不確定自己到底在跑什麼的，我想逃離的到底是什麼。

「嘖。」不出意料的，果然迷路。

其實也不是在山區或者荒郊野外，是市中心，我在市中心迷路了。

我平常會用的路線只有三條，從我家到百貨公司以及隔壁的商圈、我家到學校、我家到高鐵車站。其他不好意思沒辦法。

正當我準備過馬路之後掏出錢幣決定往哪兒走的時候，手腕卻被人給拉住。拉住我的那個人看上去微喘，額頭上有小小的汗珠。

「……路痴就乖乖待在原地或者搭計程車。」溫皓穎放開我的手，挑眉。

我搔搔頭，是啦，我的確是路痴我承認，但待在原地會不會給他有點太尷尬？

「啊你不是要跟甄臻去喝咖啡？」

「我拒絕了。」

「蛤？」

這大概是我做過最醜的表情了，下巴整個快敲到地板。拒絕？虛偽溫皓穎是會拒絕別人的人？

「我跟她說，我等等有事。」

「她沒問你有什麼事？」我想，甄臻應該不是那種會輕易放過別人的人，更何況她那麼黏溫皓穎。

他勾起好看卻討厭的笑容，「我跟她說我要去老人院照顧失智老人，做志工，問她要不要一起來。」

我忍不住噗哧一聲笑了出來，老人院這種地方，甄臻大概死也不會想跟去吧。

但我卻沒馬上反應過來……

「喂！」揍了他一拳，我說：「路痴跟失智是兩回事！」

溫皓穎擺擺手，懶得針對這件事再發言，「她剛剛問我是不是跟妳在一起。」

他丟出這句話，然後就拉著我往車子的方向走，根本就一副是在遛狗的樣子。

不過，溫皓穎回她什麼？

到底要不要問……

可是他看起來沒有要接續這個話題的感覺……

不過我一向是忽視別人的想法的，「你回答什麼？」所以我還是問了。

溫皓穎轉過來看我一眼，「當然說沒有啊，我的一世英明可不能毀在妳身上。」

「那種東西你沒有！」

不知道為什麼，聽見這個答案的瞬間，我心中有絲莫名的異樣情緒，不知道自己正在期待著的是什麼。

蔚曉恬，妳真的腦子燒壞。

一路沉默著，我不想理他，沒有為什麼，我只是心情不好！

沒事做又不想說話，只好拿出手機來裝忙了。想起以前在攝影棚，若是有不喜歡的人同時在場，我都一定會拿起手機裝忙。畢竟這種時刻，除了笑臉盈盈的打交道以外，就只能假裝自己很忙。

現在想起過去，除了感嘆也覺得挺有趣的。

一滑開手機，就看見左蓉的訊息。

她貼給我一串網址，點開來是學校的論壇，裡頭的訊息當然就是學長與我的狗血偶像劇，副標題是「法律系系草戴綠帽」。

內容我根本懶得看，寫成怎樣的緋聞我沒看過？雖然副標題真的滿好笑的，但我只回答她：妳覺得真的假的？

不知道為什麼，我總覺得左蓉這次的反應有點奇怪，以往她都不會只丟給我網址的啊……肯定非得要不遠千里的跑到我面前囉嗦一番拷問一番或者對我的手機瘋狂發出訊息才肯相信一切都只是緋聞。

「發生什麼事了嗎……」我自言自語著，坐在駕駛座的某人瞥了我一眼，悠悠開口，「怎樣？」

我看了「戴綠帽的法律系系草」一眼，「左蓉啊，她怪怪的。」

溫皓穎露出奇怪的表情，我也不知道該怎麼形容，「因為學長？」

點點頭，我問：「你怎麼知道？」

「現在論壇上最熱的話題。」他說，我忍不住噗哧笑了出來，所以他也知道自己被「戴綠帽」嘛。

「再吵我就把妳扔下車。」他冷冷丟出威脅，怕被丟下車，我努力忍住笑聲。

「她沒事啦。」溫皓穎說，我納悶，「你怎麼知道？」

他瞥我一眼，「猜的。」

我回他一聲喔，從溫皓穎說話的語氣，可以感覺得出來他所說的話並不是毫無緣由的猜測，至於他怎麼會知道……我也懶得問了，反正問了也只是被嗆而已。

回家以後，左蓉已經在家裡滑手機了，花花下午還有課，所以跟朋友去吃飯了。我開門的時候，她沒有看我一眼，好像沉浸在手機的世界裡一樣。當我拿出那一盒付出很多代價才換來的蛋糕時，她才眨著星星眼看著我。

「妳真的去了！」左蓉開心地接過蛋糕，正要衝去拿盤子的時候，才突然煞住腳步，轉過來看著我，「這……是誰跟妳一起去買的？」

我嘆口氣，「溫皓穎。」

聽見我的答案後，左蓉開心的笑了。

雖然不明白她在笑什麼，但我也忍不住笑了。

「原來是他。」

我也是這時才想到，左蓉剛剛的不對勁，「妳怎麼了？」

她從廚房探出頭，咬著叉子反問，「什麼？」

「……那個訊息。」

「哦。」左蓉的表情從疑惑變成好笑，她拿下叉子，「那時候剛好有人叫我，我來不及打其他訊息啦。」

「喔。」我點點頭，果然跟溫皓穎說的一樣。

「欸，這個很好吃欸！」趁我失神的時候，左蓉迅雷不及掩耳的塞了一塊到我嘴裡。

味道還不錯。

不過，溫皓穎……大概會害我這輩子都不想再去那家店了吧。

「話說，妳跟學長那照片怎麼回事啊？」左蓉一邊吃著第三塊蛋糕，一邊口齒不清的問。

她說的就是被放在論壇上的照片，照片上的男女站在麵攤前，男生身子微蹲很貼心地想聽清楚女生說的話，兩人看起來感情很好的樣子。

我喝了口茶，露出歷經滄桑的老人臉，「人言可畏啊……」

左蓉很不客氣的巴了我一下。

「喔。」還真是一點都不留情，有夠痛。「就那天……」我把事情的來龍去脈都跟左蓉說了一次，包括我在酒吧遇到學長、在學校附近遇到學長、跟學長一起去買她們的晚餐這些事。但我沒有說學長究竟跟我說了什麼。

我想，他跟甄臻分手這事，左蓉一定已經知道了，不需要中間其他人再加油添醋些什麼。

「沒想到你們還滿有緣的啊……哦，對了，聽說對面有人搬來？妳見過了嗎？」

左蓉一提到這個，我的茶就忍不住噴了出來，「妳……不知道是誰？」

「真的是他？」

我就知道，左蓉這傢伙果然知道，我用白眼表達我的鄙視。

「幹嘛這樣啦，我只是不敢相信嘛。」她丟給我一個曖昧的眼神，「看來比起學長，妳跟溫皓穎比較有緣分啊，牽手了沒？幾壘？」

三壘……親了。

我才不會告訴左蓉。

一定會被虧到死，而且嚴格說起來還是我強吻人家……

「沒有。」我再送她一個白眼，別過頭去，剛好看見窗外正下著傾盆大雨。因為在吹冷氣，窗戶都被我們關起來了，所以才沒聽見。

「趕快收衣服啊！」左蓉鬼叫著，看在她手上還有蛋糕的份上，我無奈的起身去收衣服。

一打開陽台的門，我就感覺到雨滴瘋狂砸在我臉上。這種午後雷陣雨總是來的很快去的很快，還帶著很大的力量，彷彿要把地面砸出一個一個的凹洞。

站在陽台，我眯起眼睛往下看，只看見樓下站著一個人。

Chapter 7 - 學長

我趕緊衝了回去，連衣服都沒收。

「幹嘛？」左蓉被我嚇到，一臉驚慌，我叫她等等，拿著雨傘穿著拖鞋就往外跑。

等不及電梯上樓，我用跑百米的速度往樓下衝，拖鞋在樓梯間製造出很大的聲響，整棟的居民大概都在罵我，我沒辦法顧慮那麼多。我想著那人，他到底在做什麼？站在外面淋雨做什麼？發生什麼事？

好不容易爬到一樓，我撐起雨傘，跑到那個人身邊。

他低頭看著我，表情看起來無助又茫然，我一時之間竟也不知所措了起來。

「曉恬……」他叫我，我還是只能看著他。最近的學長，給我的感覺都好脆弱。

「進去再說……學長。」

「蔚曉恬妳剛……怎麼了？」左蓉站在家門口，正準備開口問到底怎麼回事，就被我身後的學長給嚇到了。不管是我還是左蓉，都沒看過學長這麼狼狽的樣子。

我把學長推進浴室，叫他洗個熱水澡，順便要左蓉顧好他。

然後衝到對面按電鈴。

沒三秒鐘溫皓穎就應門了，他一開門，看見我一副剛跑完馬拉松的樣子，就問：「剛剛是妳在跑啊？在幹什麼？」

果然整棟都聽到了……

「我等等再跟你說，你有沒有衣服可以借我？」

「要辦法會？」他挑眉，居然還在跟我開玩笑。

我抓住他的領子，但有注意力道，絕不讓悲劇重演。「借學長啦！」

他沉默了幾秒，「……我等等拿去給妳。」

我一回家，就看見左蓉一臉如釋重負的樣子。

「我要出門。」然後拿起包包，等不及問阻止她，左蓉就已經消失了。

奇怪，之前也沒聽說她下午有約啊？

「左蓉真的怪怪的。」看著她離去的背影，我皺著眉頭，此時溫皓穎正好走了進來。

「她沒事。」一派輕鬆的丟下這句話，溫皓穎一副在自己家的樣子，走到浴室。

把衣服拿給學長以後，他就要離開，我眼明手快的拉住他，溫皓穎丟給我一個「幹嘛」的眼神。

「呃……學長他……我怕……」

「他不是那種人。」說完，他揮揮衣袖，不帶走一片雲彩的消失了。

我愣在原地……溫皓穎是不是誤會什麼了？我不是覺得學長會對我怎樣啊！我是怕他會對自己怎樣然後我沒辦法阻止他啊！

手機此時傳來叮咚的聲音，是溫皓穎。

「有事叫我。」

簡單四個字，卻讓人很想揍他。

有事再叫你哪來得及……

這時我聽見浴室門被打開的聲音，轉過頭，看見學長出來了，感覺也恢復許多。

我拉著他到沙發上坐下，拿了條乾毛巾給他。

站在旁邊，我看著他，想開口問但又不知道該怎麼說。

「曉恬，我剛剛拿著的袋子在哪？」倒是學長先開口了，我記得是放在門口旁邊的架子上。

把東西遞給學長，他接過後一直看著我，「學長……我臉上有什麼東西嗎？」

學長這時才終於笑了出來，「不，我是在想，妳怎麼不坐下。」可能站著給他壓力了，我在他旁邊坐下，看學長沒有要說其他話的意思，我偏過頭問他：「學長，那一袋是什麼啊？」

學長微笑，低頭從袋子裡拿出一條圍巾，並且把它給我。

「我覺得很適合妳的。」我拿在手上，看了它一眼，白色又帶點藍色的色調很有冬天的感覺。

「冬天就可以拿出來用。」學長補充。

「謝謝學長……」

不行，我不能這樣句點自己，學長到底怎麼了！幹嘛在樓下淋雨……

「學長，你不會是為了拿這個給我才在樓下淋雨的吧？」我這麼問，講完才發現自己其實是個大腦殘。淋雨跟拿東西給我有什麼關聯啊！不用淋雨也可以拿東西給我吧！

但我的無腦問題好像逗樂了學長，他又笑了。只有他在笑的時候，我才覺得學長是學長。

「我本來的確是想拿給妳，可是走到妳家樓下才發現自己忘記帶手機，又不知道妳家在幾樓……然後就突然下起了大雨，我就想……人如果可以就這樣消失在雨中有多好……」說著說著，學長的眸光漸漸暗了下來，我接著問，「怎麼了？」

「我的父母知道，我跟甄臻分手的事情了。」

雖然沒見過學長的父母，但想必學長現在會這麼沮喪，八九不離十跟他父母有關係。

「我父親很生氣，認為是我待她不夠好，害得他現在處在一個尷尬的情況。」

也是，想必他倆在一起這事應當很多人知情。多數人大概心裡也明瞭，他們為什麼要在一起。只是，那終究是他的親生父母啊。

我很同情學長，但我自己又何嘗不是這樣？當十八歲那年我毅然決然要休息不再工作以後，我就覺得媽媽真的很不高興，雖然沒說，我也知道這種悠閒的日子我過不了多久。

「學長，不會太久的。」我拍拍他的背，除此之外也不知道能再說什麼，因為我也逃不出這場宿命。只能肯定，我們都不會重複同樣的生活太久，總有一天，我們都要出走。也許現在覺得一輩子大概就是這樣了，其實還是隨時可能變化的。

這時我想起了學長曾經提過的，有一個女孩，他深愛著的女孩。

「不然……把那個女生追回來啊……」我說。

然而學長卻搖搖頭，勾起一個苦澀的笑容，「不。是我放棄這份感情的，我不能再去打擾她，現在的她已經很幸福了。」學長轉過來看著我，「很多事情，一旦錯過就不再。」

無論好的壞的。

「那……要不要去唱歌？」

「我們兩個嗎？」

「呃……」唱歌這種事情，兩個人去也太傷感。

似乎顯得更寂寥了。

我連忙補充：「當然不是，我請左蓉約人，晚上再一起去。」

「謝謝妳，曉恬。我真的很感動。」

送走學長以後，我嘆了很長很長的一口氣。

明明我從以前就是公認的最不會安慰人，怎麼最近常常都在安慰人。

「走了？」當電梯門打開時，我看見溫皓穎開著門倚在牆邊，雲淡風輕的問。

我走到他身前，「好意思問！」

他笑笑，「莫靖余不會有事。」

「最好。」我白眼他，學長看起來一點都不像沒事好不好。

放棄和他討論別人家的事，我問：「晚上要不要去唱歌？」

我只能說，左蓉真不愧是左蓉。

下午才說要唱歌，晚上就一堆人出現在店門口，有男有女，應該都是系上的人。

我讓溫皓穎載去，左蓉因為人在外面就直接過去了，花花則是痛恨唱歌，不要問為什麼，總之，她寧願回家睡覺。

「皓穎。」聽見這個聲音，我心中的火山又碰的爆炸，為了避免吵起來——雖然我很想——我快速逃離溫皓穎身邊，在人群之中找到左蓉。

「喔，曉恬。」四周十分嘈雜，我比左蓉高一點，得微微蹲下才能聽見她的聲音，「妳怎麼突然想找那麼多人來唱歌，妳轉性了。」

「轉個頭！要不是因為學長，我也不想來……先別管這個，甄臻怎麼會在這裡？」這樣會不會造成反效果？

「沒辦法啊。」左蓉大翻白眼，「約系上的人怎麼可能不讓甄臻知道……不讓她來到時候又要被她拿來做文章。」

我嘆了好大一口氣，四處張望著，終於在一群學長之間發現了他的身影。我擔憂的看著正開心的與他人聊天的他，興許是因為感受到視線，學長轉過頭來，並且朝這裡走近。

他俯下身，在我耳邊說：「不要擔心，我沒事。」

是不是有句話說，那個口口聲聲說他沒事的人，其實才是最有事的人？

因為人很多，我們開了店裡最大的包廂。

「學長到底怎麼了？」左蓉炒熱場子以後，撥開幾個硬要坐在我旁邊的學長，在我旁邊坐下。

我聳聳肩，「心情不好吧。」

說真的，我也不知道，學長哪些事情不想讓人知道哪些又是可以說的。我也不知道，我要說多少左蓉才會自己拼湊出整件事。所以，既然不知道，就假裝不知道吧。

「喔。」左蓉也沒時間再多問，馬上又被拱上台唱歌。

我瞥了一眼左邊的沙發，溫皓穎用那種半推半就的拒絕方式正阻止甄臻黏到他身上，然而甄臻可能覺得溫皓穎只是嘴巴上說不要而已，整個人巴他巴得死緊。瞬間我竟然有置身酒店的錯覺……不過或許甄臻很適合？

看向右邊又是不同的感覺，學長前面的桌子放了一罐又一罐的啤酒，我有點擔心，要是學長又跟在酒吧的時候一樣喝到酒後吐真言，他的形象就毀滅了。

救學長形象要緊，趁那群圍在學長旁邊的不認識學長說要玩遊戲的時候，我移動到了學長旁邊，也就是甄臻對面。

「學長。」我喚他，他感覺真的不像是沒事。

人哪，就屬不甘心最難放下。不甘心還有自己做錯跟自己沒做錯兩種，屬於後者的，肯定是更加不好受。也或許學長只是累了，就只是累了。

「曉恬。」他除了叫我的名字以外，沒說話。

我伸出手阻止他再拉開下一罐啤酒的拉環，再怎麼清淡的酒，喝太多也是會醉的。

他輕輕移開我的手，「沒事的。」

其實學長也是滿好懂的。

簡單來說就是那種我沒事其實很有事的人，我想，學長跟絕大多數這種人不同的是，學長是真的不想要別人擔心。

抬起頭，我剛好可以跟溫皓穎對上眼，此時此刻，我想到要怎麼整溫皓穎了……

他們的位置後方有一扇落地窗，外頭的陽台可以看見夜晚的這座城市，我佯裝要接電話，走了出去。

當我要走進去，我故意在經過他身邊的時候用高跟鞋用力踩了他一腳。

溫皓穎縮了一下，甄臻察覺異樣也看著我，我對於跟她對上眼沒興趣，我用我自己都想痛毆自己的聲音說：「啊。不好意思踩到你。」

「不會、不會，沒關係。」

果然不出我所料，只要在別人面前他就不會展現他有多會諷刺人。溫皓穎，以後看我怎麼報仇！

雖然能體諒他的立場，但只要看到他們兩個這個樣子，我就會燃燒出熊熊火焰，尤其是他們還在學長面前。

坐回位置，學長大概已經喝完兩手啤酒，上次在酒吧我也見識過學長酒量還不錯，微醺的狀況下，他的那群真的很損友的損友竟然又拿出威士忌。

「靖余酒量最好了！」

「本系最會喝！」

他們是不知道威士忌很烈嗎？雖然學長那天也是喝這個，但他現在已經喝了很多啤酒了啊！更何況，喝混酒會吐吧……

「曉恬學妹，妳應該也很會喝吧！」

「不……我……」我怎麼好意思說我這種酒喝兩杯後會馬上不省人事……

「我幫她喝。」學長立刻說，我驚訝的看著他，萬一不小心醉了亂講話怎麼辦啊！怎麼我比他本人還擔心！

「哎呀，真不愧是緋聞男女！」

一個人被灌兩人份的烈酒，饒是酒量如學長也會醉。酒瓶見底之後，那群學長因為有點醉了，又興高采烈的跑上去唱歌，看起來跟歌聲都像是一群發酒瘋的神經病。

「曉恬……」慘了，學長是不是喝醉了。

他靠在我肩膀上，我不敢輕舉妄動。感覺得到溫皓穎正在看好戲，我沒時間理他，因為學長溫熱的氣息吐在我耳邊，帶著別樣的誘惑，他輕聲說：「曉恬，我喜歡妳。」

然後就，整個人壓在我身上。

我現在應該要先在意什麼事呢？

是要先思考怎麼把已經醉倒在我身上的學長移開？還是要先慶幸還好學長沒有亂講話是直接醉倒？又或者是……他醉倒前說的話……

我還沒考慮好，就有一個人將學長拉起來。

我抬頭看著他，溫皓穎只看了我一眼，就去吆喝學長的朋友們把他帶回家。

正巧眾人也都覺得差不多了，大家就決定散會了。

左蓉跟一夥人說要去續攤，我擺擺手要她自己去，我看向溫皓穎，甄臻還是纏著他。

我站在他們後方，不會太近，但剛好能聽見他們的聲音。

「皓穎，載我回家。」

「學姊，我等等有事。」

「這麼晚，能有什麼事？」

「……我要照顧老人。」

「騙人。」

「真的。」

忍不住笑了，溫皓穎真的是自己找罪受，怪不得別人。

但想想好歹他今天也不計前嫌的幫我一次，我左右張望，看見剛剛學長的朋友還沒走，趕緊過去叫住他們。

「那個……學長。」

他們一群人轉過來，有的人臉上明顯帶著訝異，也是啦，我平時不太和同學學長姊打交道，人家來找我我也只是客氣回應。

「可不可以請你們幫忙帶甄臻學姊回家？我們不知道她家在哪裡，她好像醉了。」我伸手指著溫皓穎跟甄臻的方向，那群學長大概是沒注意過甄臻常常黏著溫皓穎這件事，立刻對我比出沒問題的手勢。

「甄臻怎麼跑去黏皓穎了？」

我有點驚訝，雖然知道溫皓穎在學校人緣還不錯，但竟然連學長也通通認識他，而且還很熟的樣子，「學長你們都認識他啊？」

「認識啊，兄弟呢。」其中一個學長說，然後幾個人就跑去把甄臻抓到車子裡，真以為她的掙扎是在發酒瘋。

不過甄臻的所作所為本來就很像發酒瘋。

「那學妹，我們先走了，下次再一起吃飯。」

「好。」默默記下這些好學長的臉，我向他們揮手道別。

現在甄臻不管在車上怎麼說自己沒有醉，都不會有人相信她。

我笑了。

溫皓穎走了過來，也一臉好笑。

「好意思喔。」我瞪他一眼。

「不知道是誰剛剛那麼用力踩我。」溫皓穎沒看我，擺出好像真的不知道是誰的樣子。

「要不是你跟甄……」

要不是你跟甄臻兩個在那邊，我也不會踩你。

但這句話，不論怎麼講聽起來都像是在吃醋。

而且我答應他了，那是溫皓穎對自己人生的選擇，他選擇以那樣的面目示人，說真的我也無權干涉。而且，我也不想因此又吵架。

他淡淡的看了我一眼，不知是在他面前我老是把心裡想的寫在臉上，還是他太會去猜人家的心思，我總覺得很多事情，只要一眼他就能明瞭。

「回家吧。」他說，然後拉著我的手，往車子的方向走。

被這樣拉著的確是滿難為情的，「我會自己走啦。」

「我是個誠實的人，我已經告訴甄臻要照顧妳了。」

他哪有可能告訴甄臻，要是知道了甄臻還不斃了我嗎？

我突然想起，剛剛到偷聽他們的對話。

「這麼晚，能有什麼事？」

「……我要照顧老人。」

「騙人。」

我又踩他一腳，「誰是老人啊！」

一樣的梗玩不膩啊！

溫皓穎這次沒有要我滾也沒說話，只是把我的手抓的更緊了一些。

我哼哼兩聲，倒也沒有抵抗。

之後的日子就這樣快速又看似充實其實不務正業的過，很快的，我們迎來了第一個連假。

一共四天的假期，多數人都安排了要回家或者是出遊，放假前一天蹺課人數大概會是平常的兩倍吧。為什麼用大概這個詞？因為我也蹺課啊。

左蓉排課的時候顯然是精心算計過，昨天的課通通是「從來不點名的教授」的課，所以昨天就已經先回家去了。

「曉恬，東西收好了嗎？」花花背著包包站在門口。

因為媽媽現在人在巴黎參展，所以就算我回家也沒人，蔣夫人聽見這事兒後很熱情的表示很久沒看到我了，要我跟花花一起回家過節。

而我也很豪邁的答應了。

「好了。」

花花打開家門，我跟在她後面出去，很巧的，某人也打算在此時啟程回家。

「妳們也要回家啦？」溫皓穎笑問，一副很親切的樣子。

花花朝他點點頭，花花這個人的好處就是不會亂說話也不會亂發神經，除了左蓉也在的時候。感覺上左蓉像是一個開關，只要碰上她花花的某個開關就會被打開。

跟溫皓穎道別之後，我們踏上了回家的旅途。

因為我的車子一直沒找回來，再加上現在還是白天，讓花花載沒什麼大問題。

由於蔣夫人自己也出國去，要明天才回來，花花便提議要順路去台南逛逛。

老實說我也不知道花花想去台南玩什麼，我對那裡的印象只有它是老街跟它是左蓉老家。當我開口問她為什麼是台南時，花花只有說：「我想吃蝦捲。」

沒告訴她其實蝦捲哪都吃得到，反正回去也只是兩個人跑去購物中心購物，我擺擺手就隨她了。

開車的不是我，所以我自然而然的就進入了冥想狀態，我腦中所想的一直是那天晚上，學長對我說的那句話。

「曉恬，我喜歡妳。」

在那之後的隔天，學長就像什麼也沒發生，一點異常也沒有，讓我不禁懷疑那該不會只是我發酒瘋的錯覺，畢竟那時候，除了我以外，也沒有別人聽見他說那句話。我總不可能去問學長說：「欸，你那天有沒有跟我告白？」吧！就算學長聽了不會怎樣，要我說出口我也沒那個勇氣啊！這件是到底還要懸在我心上多久啦！

歷經了幾次的交換開車、幾次的神遊被抓回來以後，我們兩個總算到達安平老街，老街這附近跟我印象中的完全沒變，不管是禮拜幾人都一樣多，當地的菜市場也在這，所以無論是本地人還是觀光客都喜歡來這。

花花一停好車，就拉著我往某間我們最愛的蝦捲店的方向走，「妳不用牽我啦。」奇怪，這場景怎麼有點熟悉？

「妳不牽著一定會丟掉。」花花轉過來白我一眼，我想否認，但事實擺在眼前，每個人都這麼說。

我相信這絕對不是智商的問題。

店外頭一如往常的排滿了人，花花拉著我，越過眾人哀怨的眼神直接走進店裡。

老闆娘是一個看起來大概四十多歲的女人，從她紮起的凌亂馬尾及沾滿油漬的圍裙看不出來的是，她其實是個大富婆，聽蔣夫人說她偶爾還會在政商名流的聚會上拋頭露面。

「藝花、曉恬，好久不見啦！」大富婆老闆娘叫做王阿慧，我們都叫她慧姨。慧姨開心的跟我們招手，立刻清出一張窗邊的小桌子給我們。

我很喜歡她，只是因為很少人在發達之後還能不迷失在金錢利誘之中，堅持初衷的。

「慧姨，好久不見！」花花開心的坐下，迫不及待的拿起筷子。

「慧姨。」我也跟她打招呼。

以前我們偶爾會陪左蓉回她奶奶家，那時候我們就會跑來吃蝦捲。

慧姨笑得爽朗，「今天吃點什麼啊？」

「通通來一份！」花花一樣很爽朗。

大概一個小時以後，無論是路人或者是店裡的客人無一不用驚恐的眼神看著我們——或者說，只看花花。

放在我前面的應該要只有兩個空盤子的，但因為花花前面的碗盤實在疊得太高敵不過地心引力所以通通往我這滑落，在她正在嗑第三十盤蝦捲配第四碗貢丸湯的時候。

花花就是這樣，只要想吃什麼，絕對會一次給她吃個過癮。

路人心裡大概都在好奇那些東西是怎麼消失在花花看起來瘦瘦的身體裡吧。

「吃飽沒啊？」又過了一小時，我忍不住開口，此時花花從她的米粉中抬起頭，用含糊不清的聲音回答，「好啦。」

至於花花到底吃了多少錢，我不知道，蝦捲店不能刷卡，幸好她認識慧姨，總之，蔣夫人會用現金或者其他東西付的。

「陪我去買土產。」

「啊？」我嘴巴張開，一臉莫名其妙的看著花花，「妳真的是來當觀光客的？」

花花再度白眼我，「連假很多人會來家裡，不買點東西回去送很不禮貌。」

「是啦是啦我就是沒禮貌。」我扁嘴，被花花無視。

她依然拉著我，於是我放空腦袋，看著來來往往的人潮，不禁感慨世界還是挺大的，能夠相遇真的不容易。從剛剛到現在多少人和我擦肩，卻都只是彼此生命中的路人。思及此，我不禁嘆長長一口氣，懷疑自己是壓力太大才如此多愁善感。

花花突然停下來，把我從我的小世界裡拉出來，「買這個好了。」

我們站在當地一家也是很有名的伴手裡店前面，大概是因為連假將至，店門口的人龍繞了一圈又一圈還是快把馬路給佔據了。

剛好看見旁邊靠著樑柱的涼椅有個位置，我跟花花說：「妳去排，我在這等妳。」

花花聳肩，站到人龍的最後方。

我觀察著店員結帳的速度，雖然很快但要輪到花花大概還要半個小時吧。哎，原來要特權這種事還是有地方辦不到的。

Chapter 8 - 要怎麼靠近

「笑什麼？」忽然一個人影擋住了照射在我腳前的陽光，我抬起頭，背著光的那個人手上拿著一杯冬瓜茶跟一疊紙張，他襯衫的袖子捲了起來，感覺雖然悠閒但剛剛肯定歷經一番苦戰。

他在我隔壁坐下，吸著飲料，看著我，「陪花花來買東西啦。」我反問他：「你才在這幹嘛咧。」

「我一回家，我奶奶就叫我去市場幫她買東西。」溫皓穎嘆了口氣，「問題是我又不會挑菜。」

「那你買的東西呢？」

「剛剛放到車上去啦，我準備要回去了才看見妳一個人坐在這裡。」溫皓穎聳聳肩，我用某種奇怪的眼神看著他，很不巧的被他給發現，「不要那樣看我，我車上有小冰箱，以前我跟我爺爺去釣魚都會帶的。」

我點點頭不做其他表示，因為我的目光瞥見他手上拿的東西，趁溫皓穎不注意我把它搶了過來，果然，是一堆照片。

我又忍不住笑出來。

「笑屁啊。」

溫皓穎的奶奶真可愛，孫子這張臉隨便殺價都好殺，一看就是市場的婆婆媽媽會喜歡的型。可惜婆婆媽媽已經吃不到了，乾脆拿出自家待嫁閨女的照片出來「自賣自誇」一下。

把照片塞回他手裡，我笑說：「好好考慮啊。」順手把他的飲料搶過來自己吸。

他拿那疊照片打了我的頭一下，我吸冬瓜茶吸得太開心，一下子沒能閃過。

但人家都貢獻出飲料了，算了，暫時先原諒他。

我看著前方的鹽水溪，河面上波光粼粼好不漂亮。偷偷覷了溫皓穎一眼，發現他居然很殺風景的在滑手機傳訊息。傳一個不夠，兩個、三個，傳個沒完。稍微靠近他一點之後，我發現他居然在跟甄臻傳簡訊。

「滑完了沒？」我悠悠開口，雖然我也沒跟他講話，可是看見這場景我就是不、開、心！

溫皓穎抬起頭，把手機遞給我，「她就一直傳來，我還來不及關視窗她就會先回一個貼圖讓我不小心已讀，想裝沒看到都不行。啊，不然妳來跟她聊。」

「我不要。」扭過頭，我以這樣的方式表達憤怒。撇除人品問題，甄臻這個人也算是還滿聰明的，她就是看準溫皓穎不會已讀她這點。「哼。」

我突然意識到，我現在可是處在一個隨時可以毆打溫皓穎的情境欸。溫皓穎你有沒有搞清楚，你可不行在大街上隨意對女孩子施暴啊，嘿嘿嘿。況且，甄臻可是在遙遠的……等等，甄臻的老家在哪？

不行，莫非定律跟吸引力法則我還是懂的，不能想這個……

腦內小劇場還沒演完，恐怖的聲音又響起……

「皓穎啊！」

「天哪……」心知跑不了，我低下頭，把臉埋在手掌心裡。

等等，剛剛那個聲音，怎麼有點台灣國語？

「吼，皓穎啊！你剛剛跑那麼快是要幹什麼啦！」我抬起頭，看見的是一個帶著腰包，看起來像是在市場裡頭擺攤的歐巴桑。「我剛剛聽那個隔壁賣豬肉的王太太說你回來了，我就想說要拿我女兒的照片給你啦，誰知道你跑那麼快，還好你還沒回去啦！來，這是我女兒的照片啦，如果有機會……咦？」那位阿姨像是現在才注意到溫皓穎身邊坐了一個我，驚慌的用手指著我，「啊妳妳妳妳妳妳是——」

阿姨在想什麼我難道看不出來？我正想搖搖頭說我不是他女朋友時，溫皓穎那隻鹹豬手居然偷偷搭到我肩膀上，用著無懈可擊的笑容說：「陳阿姨，不好意思，她是我女朋友。」

匡噹。

我好像聽到全菜市場心碎的聲音。

「唉唷，是這樣喔。」那位阿姨露出不好意思的笑容，搭配上啊哈哈的乾笑，十足十就是超尷尬的場面，「阿妹仔，不好意思哪。」

我只好也微笑點頭，另外一隻手在阿姨看不到的地方狠狠掐著溫皓穎的肉。

阿姨落寞地離去了，我突然有一種罪惡感，溫皓穎這傢伙這麼糟糕，還一堆人愛他。

「誰是你女朋友啊？」撥開他的手，我咬牙切齒地瞪著他。

他盯著我，我被他盯得渾身不自在，「看、再看把你眼睛挖出來。」我惡狠狠的威脅。

沒想到那傢伙只是勾起他那邪惡的微笑，捏住我的臉頰，「可是妳剛剛的行為，是一個女朋友才會做的事情不是嗎？」

我想轉過頭以假裝沒聽到，但我臉被他抓住，所以我只好瞪著他。

「曉恬？」這時候，我的救命恩人喚了我的名字，溫皓穎才悻悻然地放開我。

「啊嗚嗚嗚花花啊，溫皓穎欺負我。」我抱住花花的胳膊，她一臉嫌惡的看著我，又看著溫皓穎。然後把我的手甩開，走到溫皓穎身邊，拍拍他的肩膀。

「交給你了，感謝你的犧牲，辛苦了。」

我氣得跳腳，「花花！」

她卻像個沒事人一樣看著我，好像我是一個神經病一樣。

「呵呵，那我先走了喔。」溫皓穎朝我們微笑然後不帶走一片雲彩的離開。

呵呵個屁。

「其實你們倆還滿配的。」花花自言自語般說道，我皺皺鼻子想表達我對這個說法很過敏，花花一臉奇怪的看著我，「妳說他有什麼不好，帥又聰明又有錢。高富帥以外還加上脾氣好，妳還可以欺負他。」

我嘆口氣，怎麼想都是我被欺負到掛吧？

正如花花的名言所說，歡樂的時光總是過得特別快。

整個連假我除了窩在蔣家、跟花花去購物、跟蔣夫人去購物、自己去購物、跟左蓉去購物，好像也沒有幹什麼了。

大概就是因為這麼頹廢，所以才這麼不想回去上課吧。

「曉恬、藝花，有空要常回來嘿。」蔣夫人站在門口，朝我們揮揮手。

我坐上花花車子的副駕駛座，嘆了一口氣。

花花坐進駕駛座的時候，也嘆了一口氣。

很顯然的，我們兩個都不想回去上課。

「去載左蓉吧。」

左蓉家其實離蔣家不算太遠，過了約莫二十分鐘車程後，我們在她家巷口的便利超商看見她。

我搖下車窗向她招手。

當左蓉打開後車門入座時，也嘆了長長一口氣。

花花不滿的抱怨道：「都已經比我們多放一天了還嘆什麼氣？」

左蓉沒有回答，我轉過身去看著她，卻發現她的目光停留在外頭的某個人影。我轉回去看了花花一眼，透過後視鏡她也看得清清楚楚。

那個男人，是誰？

大概是受到左蓉的低迷氣氛影響，一路上我們都很安靜，就連花花都罕見的死死抿著嘴唇。

一直到花花因為想去洗手間而去休息站，車內那凝結的空氣才有了流通。

推開車門，我跟花花說要去買個東西就自己離開了，左蓉還是坐在車內，不知道在想些什麼。離開車子之前，我擔憂地看了她一眼。

「給妳。」買東西的過程中我一直放不下心，我很少看到左蓉跟花花這樣的、非常非常少，少到只有一次，就是那一年，那個賤男人，在我們生命中投下那震撼彈的一年。

我遞給了左蓉跟花花一人兩隻包裝在愛心裡的巧克力棒棒糖，以前只要壓力大或心情不好，她們都會去買這種巧克力棒棒糖。這種包裝可愛的東西好不好吃我不知道，重要的是它能帶來快樂。

花花站在我身邊，幾不可聞的嘆了口氣。

「我去買東西。」

我沒阻止她，因為我大概也明白，就算過了那麼多年，再次想起那件事時心還是會隱隱作痛，就算自己不是當事人，可一邊是親人一邊是朋友的感覺也很痛苦。

左蓉看著我遞給她的東西，她沒有抬起頭，「欸，曉恬，妳覺得，世界上還有那種值得被相信的好男人嗎？」

「當然有。」我伸手順了順她的頭髮，「有很多。」

她抬起頭來看著我，「真的嗎？如果我告訴花花這是真的，她會相信嗎？」

「真的。」然後，她終是展開笑顏，我又補上一句：「她會不會相信我不知道，重要的是我們要告訴她：千萬不要放棄去相信。」

我想，我們心裡也早有答案了。

我們都明白世界上還有很多值得去喜愛的，而不是在一次的跌倒中就要永遠停在原地，時間在走，人也不能停下。

就是需要一個人告訴她們：「沒錯。」

妳值得被愛，而他，也值得妳去愛。

左蓉說那個男人是她母親的朋友的兒子，他們從小就認識了。基於同樣認識很久的情況，花花自然也認識那個男人，而剛剛，想必花花也是認出他來了吧。

我也曾和他有過一面之緣，那時候他看著花花的眼神就讓我明白，他喜歡她。

因為被深深傷害過導致她們再也不敢去相信，當依然愛著自己好友的男人突然出現在自己面前，饒是左蓉也不知道自己到底該不該去相信，要好好保護朋友卻又希望她能得到救贖。

事過境遷，就連我也沒想到曾經的那個少年還愛著曾經的那個少女，從懵懵懂懂開始，就不曾停止的那份感情。

雖然不知道這次相遇他和左蓉說了些什麼，但我們都明白，也許那是一個足以挽回「相信」的唯一機會。相信還是會有一個人那麼不顧一切要讓妳相信他……

「欸妳們聽說了嗎？」恢復情緒像是什麼都沒發生過的左蓉在後座邊咬著棒棒糖邊問，「聽說甄臻現在傳訊息給溫皓穎他都不回欸，哈哈哈，報應哪。連脾氣最好的溫皓穎都不理她了！」

坐在前座的我皺起眉頭，搞不清楚到底是怎麼回事。

「他沒回很奇怪吧，是不是發生什麼事了？」自己一個人靜一靜之後也好些了的花花看了我一眼，我搖搖頭。

我們兩個說真的很少會用通訊軟體聊天，就算要聊我也不知道要說些什麼。我又不是甄臻，可以自己一直找話題。

「沒有啦，法律系的男生有在臉書放上跟他去玩的合照。」左蓉搖搖手，「甄臻這女人，活該啦！」

我不禁好奇，「左蓉妳怎麼知道這些事？」

聽見我這麼問，左蓉立馬坐了起來，一手巴住駕駛座的椅背一手巴住副駕駛座的椅背，一副賊兮兮的樣子。

「就是跟甄臻很好的那個學姊說的。那個學姊啊，表面上看起來跟甄臻就是一掛的，但事實上她很討厭甄臻哪。」

我忍不住起雞皮疙瘩，那個不認識的學姊也真恐怖。

「聽說是甄臻去勾引過那個學姊的男朋友。那時候她也在跟莫學長交往，真的很糟糕。」

所以說，溫皓穎不是第一個被她纏上的？

只是這一次，學長跟她分手了。

「不過那只是謠言，不像現在這樣，幾乎全校都知道有個騷貨學姊正在倒追暖男學弟。」

「甄臻怎麼可能這樣就放棄。」我說，翻個白眼。

「也是。」左蓉點點頭。

至於花花，雖然沒看過甄臻本人，但同在一所大學，這種事情還是多多少少會聽說，更何況是現在正熱門的話題。

說起來也好幾天沒看見溫皓穎了，沒想到他居然不回甄臻，哼哼，沒想到他還有一點骨氣嘛。

事實上，一切都是我對溫皓穎期望太高。

「嗨。」回家後我行李放一放，告訴我的兩位室友我要出去一會兒之後就跑去按溫皓穎家的門鈴，急著想弄清這一切。

「回來了喔。」他說，沒有要對我說請進的意思。

可是誰管他，我說了句打擾了之後就溜進他家，一屁股坐在他家沙發上。

他搖搖頭，感覺很無奈，也不想想我才對他很無奈。

「聽說你不理甄臻了？」我問，這句話怎麼說怎麼爽。

沒想到，溫皓穎那傢伙居然對我挑個眉說：「哪有可能。」

聽見這種答覆，不知道為什麼，好像有點不太開心。

不，是超級不開心。

「不然咧？」

「我手機被我奶奶家的狗在上面撒尿，報銷了。」

「噗。」

我只要想到那個場面，就覺得好好笑。

想到溫皓穎那張臉那麼扭曲的樣子，噗哈哈哈哈哈哈哈——

「不然妳以為？」顯然是早就知道會被笑爛，溫皓穎只是巴了我一下。
「我以為你要拋棄甄臻了。」
溫皓穎再次巴了我的腦袋，最近他好像很喜歡巴人家。
「喂。」他坐在我旁邊，無視我的存在專心的看著電視上的政論節目。
不甘心被忽視，我戳了戳他的腰。
就是這一瞬間，我終於發現溫皓穎的大祕密。
他、怕、癢！
「欸，妳不要。」他一直躲，我一直進攻。
哇哈哈哈哈，溫皓穎你這傢伙，今天終於要敗在我手上了吧！
就在我得意的時候，他冷不防地伸出一隻手來抓住我的左右手，趁我還來不及反應，把我壓在沙發上。
霎時之間，我的腦袋一片空白。
溫皓穎把我壓在沙發上。
現在我該怎麼做？
我愣住，不敢輕舉妄動，只能嘴巴開開的望著那個在我身上的人。
而那個人也與我對望著。
「唉。」他鬆開手，從我身上起來，順便伸手拉起我，「回去吧。」

但我就算回到房間後，還是沒辦法回到現實。

撇除拍攝雜誌型錄，這是我第一次被男人壓在類似床上的地方，若說是不好的體驗，那倒也不會……等等，我到底在想什麼？

蔚曉恬，妳到底怎麼了啦！

隔天我下午才有課，花花跟左蓉都沒有課。

左蓉不知道又從哪裡生出表單，要我順路拿去系辦。

我瞪她一眼，又不是不知道我最討厭去系辦。

打開家門時，我偷偷摸摸的，就是怕遇見溫皓穎。仔細想想，其實也不是發生了什麼大不了的事啦，隨便都可以解釋成不小心的，嗯，對，一定是不小心的，可是我就是自己跟自己的小心臟過不去啊！

自己一個人走的好處是，幾乎不會有人注意到我。因為我戴著口罩又素顏，身上穿著隨便的襯衫跟牛仔短褲，看起來頂多就是一個比路人高一點的路人。

下課時，我拖著心不甘情不願的步伐往系辦走，一邊對屈服於左蓉的使喚的自己感到難過。

「哎呀，是學妹。」果然，一開門就是那討厭的聲音。

忍住想扁人的感覺，我對她點點頭，在幾位坐著討論事情的學長姊之中看見了學長。

我按照左蓉的吩咐把文件交給他，「謝謝妳，曉恬。」

「不會啦。」

正當我準備為自己順利離開而大聲喝采時，一直站在旁邊滑手機喝咖啡的甄臻突然開了金口，讓我瞬間從天堂掉落到地獄。

「曉恬學妹？」

瞬間，我覺得整間系辦的人都轉了過來。

「呃，怎麼了？」

「我們等等要去聚餐，不如妳也一起來？」

「不，我等等……」

「一起來吧。」打斷我的拒絕那人是學長，原本我還想揍一頓插話的人，看到是學長我就作罷了。

我嘆了口氣，「好吧。」

為什麼我會沒辦法拒絕學長？

該不會是因為他在我身上下符咒？可是學長哪是種人。

我乖乖地坐在系辦的角落等他們開完會，為了避免甄臻來跟我搭話，我假裝很認真的在研究網路上的資料，其實是在跟左蓉聊天。

我說我今天晚上不回去吃飯，並且把事情的來龍去脈跟她說，聽完後她說：「我覺得甄臻是要讓妳看看她跟溫皓穎感情有多好。」

「那學長怎麼回事？」我問。

她只淡淡地回應：「學長就是那種妳沒辦法拒絕他，但他永遠可以拒絕妳的那種人。」

左蓉這話是什麼意思？

學長看起來也不像是會拒絕別人的樣子啊？

還是說，我之所以會沒辦法拒絕他，是因為我的潛意識裡覺得他很可憐嗎？不行，我怎麼可以這樣，學長只是……好啦，滿可憐的。

可是那天……吼。

現在的我煩得想把自己的頭髮都扯下來，我只要看到甄臻就沒胃口還要一起去吃飯？還有學長，我真的搞不懂了，尤其是那天的事我還沒個頭緒，到底有沒有跟我告白啦？他是不是在等我的回覆？可是、可是……

「曉恬，結束了喔，在想什麼？」

「哇啊——」

被學長突如其來的聲音給嚇到，我忍不住驚叫出聲，差點將手機摔在地上，幸好系辦裡頭的人在我不知不覺之間都走光了，我的糗樣才沒被看見。

「怎麼啦？」他忍著笑意問，我連忙瘋狂搖頭。

「沒事就好，走吧。」

因為大夥兒人數很多，所以就決定吃學校隔壁的熱炒。說到這家熱炒，那真的說是天天人山人海也不為過，除了價格經濟實惠以外，這裡賣的五更腸旺更是被學生們稱為「天下第一五更腸旺」，只不過現在這真的有位置嗎？

「甄臻已經事先訂位了，也不知道為什麼，她今天堅持要吃這個。」

「那你幹嘛跟來？」

「因為妳出現了啊。」

我還來不及答話，學長就拉著我的手往眾人的方向移動，一走到座位附近，我就看見了我的孽緣。

溫皓穎跟他同學們坐在隔壁桌。

「哎唷，皓穎，怎麼這麼巧？」一靠近座位就聽見那討人厭的聲音，甄臻坐在跟溫皓穎只隔著不到一個走道的距離。

我坐在跟甄臻對角線，最遠的位置，溫皓穎看了我和學長一眼，就轉回去應付甄臻。

「被算計了。」我聽見坐在我附近的某個學姊低聲埋怨，周圍點頭贊同的學姐還不在少數，也是，多多少少會有被利用的感覺吧，所有人都看得出來這根本不是巧遇。

一切只是甄臻精心策劃的「不期而遇」。

三分鐘之後，甄臻也不知道為什麼直接坐到了隔壁桌，她屁股離開椅子的瞬間，我彷彿感覺到有某種壓力在剎那間消散。

「點酒點酒。」某個學長站起來吆喝著，幾個人附和了，所有人突然熱絡了起來。

我身前的杯子也被倒滿酒，雖然我酒量不是非常非常差，但也………

「好啦。」學長適時伸出手來擋住某位學長第不知道幾度要在我杯內斟酒的動作。

「欸。」那個學長賊賊的看著學長，「老莫啊，這次不會再讓你幫她擋酒囉。是說……你這麼護著我們曉恬學妹，該不會……你們兩個……」

「沒有。」學長連忙擺擺手，阻止那些瞎起鬨的聲音，「別嚇到學妹。」

時間就在我們熱絡的氣氛下快速飛馳，當我們要離開的時候，我幾乎已經醉得看不清楚牆上掛的鐘。

「你們也要走了喔？」甄臻湊過來說，有個比較好心的學姊回了她一聲嗯。

這時候我一個踉蹌，還好學長就站在我旁邊，即時拉過我的肩膀往他身上靠。

我掙扎著想起來，卻聽見甄臻的聲音，「皓穎，你載人家回家好不好？」

還有溫皓穎的聲音，「好啊。」

好你妹的，溫皓穎。

後來聽他們對話，是學長自告奮勇要送我回家的。我還聽見學長要他室友去把他車開來。

大家都走光了，只剩下我跟學長。

學長陪我站在門口，怕我又跌倒還是一直扶著我。

「對不起。」他突然說，我不明所以的抬頭看著他，儘管他的臉是那樣模糊。

「嗯？」我發出感覺很漫不經心的疑問。

「沒有保護好妳。」

什麼叫做沒有保護好我？是指害我被灌醉這種事嗎……

學長，你到底在想什麼……

「那一天……」酒醉的壞處就是，腦袋想的永遠和嘴巴說的同步，且往往在意識到的時候一切都已經來不及。

「嗯。」感覺到學長的手收緊了一點，「曉恬，我喜歡妳。但，我終究還是怕被拒絕。」

我想，我該無比感謝學長的室友。

不知道是不是串通好的，他來的時間實在恰當，真是比孔明還要神機妙算。

「妳不用急著給我答案。」這是學長將我放在家門口時，說的最後一句話。

勉強爬進去電梯，這時我才能好好釐清思緒。

學長之所以這陣子完全都沒提到這件事情，只是因為怕聽見他不想聽見的答案嗎？

電梯門叮咚的一聲打開，原先靠著門的我一個不穩跌了出去，跌進去一個溫暖的懷抱。

「溫皓穎……」我在他身上蹭了蹭，他身上的味道給了我一種安心的感覺，眼皮越來越重。

他把我抱進去他家，一邊碎碎唸著左蓉跟花花跑出去逍遙，留我給他照顧。

感覺上左蓉好像早就明白這些學長的性子，知道我會被灌醉。

「為什麼每次都要讓自己被灌醉？好好保護自己這種事，妳到現在還是不會？」

溫皓穎坐在我旁邊，讓我躺在他大腿上，好像他家沒有枕頭了一樣。

「我就是不喜歡看你跟甄臻那樣。」模模糊糊之間，我聽見自己這麼說。

「我們沒什麼。」他口氣稍微緩和了一些，伸手撥開黏在我臉上的一些髮絲。

「你們看起來就有什麼，你明明不喜歡她，為什麼要跟她那麼好？」我伸長手想巴溫皓穎，手腕卻被他一把抓住。

「妳跟學長不也很好？妳喜歡學長嗎？我看的出來甄臻喜歡我，但那不是真的我。我也看得出來，莫靖余喜歡妳！」

我覺得委屈，那些都不是我想要的。我不要學長喜歡我，我不知道要怎麼辦，我不知道……

我一直說溫皓穎自己不會拒絕甄臻，沒發現其實我也因為其他原因不敢拒絕學長。

「嗚……如果可以，我也不想那麼在意你好不好！」我用另外一隻沒被抓住的手打了他的臉。

下一刻，我就後悔了。這依然不是我要的。

溫皓穎非常沉默，什麼都沒有說也沒有罵我，還是抓著我的手，只是稍微緩了力道。

「可惜妳就是這麼在乎我。」好久以後，他才俯下身來在我耳邊低語。

語畢，他不讓我回話，直接用他的唇堵住我的。

沒了口罩的吻，格外真實而難忘。

他的嘴唇溫度比我低，有點冷冷的又帶點我的酒味。

只是，這未免太突然，我甚至不明白，它所代表的意義。

Chapter 9 - 我會陪妳

當陽光從溫皓穎家的落地窗灑進來的時候，我才睜開眼睛。

我在他的大腿上睡了一夜。

溫皓穎感覺很疲憊，他一手放在我的身上，一手撐著頭，還在夢裡。

一想起昨天晚上發生的事情，我還是覺得很不真實，好像兩人之間的關係已經開始改變。

只不過我還是不知道怎麼面對。

我身上背負著另一個人的愛情，若此時此刻我和溫皓穎……在一起，對他來說肯定又是一個傷害，我卻不知道該怎麼拒絕學長。

這時候才感覺到自己的無能。

小心翼翼的摸出手機，我看見媽媽昨夜傳來的訊息，內容大概是她準備搭機回台灣了，要我今天去機場接她順便吃個飯。

看看時間也差不多了，我輕輕拉開溫皓穎的手，應該是太累了所以他完全沒反應。

我像個小偷般偷偷溜出他家，順便偷走他的其中一付家門鑰匙，留下我的鑰匙作為抵債。

這時候我才想起來，我的車……

唉。

隨便攔了輛計程車，我直奔機場。

要是被媽媽知道我丟了車……

一陣寒意竄過我全身。

我照著我媽給的資訊來到第二航廈，裡頭的人很多，但就算如此，我還是一眼就認出了她。媽媽身高比我矮一些些，以她的年紀來說，這已經算是很高的了。她帶著大墨鏡，站在一旁還有一堆行李，感覺很不悅。

「媽。」我說，伸手去接過她的行李。

「妳車停哪？」

「我……車被偷了。」

聽見我這麼說，我媽只是看我一眼，與我所預計的不同，她沒有大發雷霆或是冷嘲熱諷，她什麼都沒說。

我就這樣陪她回到家，不嫌路途遙遠，只因為想逃避遠方那些事情。

她整個旅程都看著窗外不發一語。

「我就說妳根本還只是個小孩。」踏進久違的家門後，我媽才淡淡的說，「都是妳爸寵壞妳的。」

她常常這麼說。

只要我做錯什麼，她就會怪到爸爸頭上。

以前的我會相信，爸爸都是錯的，但現在的我已經知道了，錯的離譜的根本就是我媽。那是蔣夫人連假時不小心說溜嘴的。

雖然不是說的那麼明確，但她的意思大概就是說：是媽媽上法院要告爸爸還要搶監護權，爸爸為了避免我從小就在這種紛擾的情況下長大，果斷選擇放棄，只要我媽好好照顧我。但我媽卻禁止了爸爸的一切探視。

詳細情況我不明白，大人的世界，也許我直到現在還是不懂，也不想懂。

不過是非對錯我還分的清楚，兩個人分開就是因為不合，那就不要再互相傷害了不是嗎？

「妳什麼都說是爸！」我回她。

媽媽詫異的轉頭回來盯著我，我沒有退縮，因為我已經沉默與誤解得太久，久到我沒辦法做出任何補救。

「妳知道了？」

我知道，不是爸爸對不起我們。爸爸對我一直很好，是我童年記憶裡唯一真正的親情，而親手摧毀它的竟然是我的母親。

我以點頭當作我的答案，我都知道。

「反正妳就是跟妳爸一個樣，你們都一樣，還有他那個老婆。」媽媽冷冷的看著我，那不是一個她會有的表情，我瞬間不曉得自己身在何處、面對的究竟是什麼人。

「媽妳怎麼可以這樣！」我朝她吼，頭也不回的離開。

我早就知道，我媽是不會來追我的。

我一路跑，一直到心肺再也負荷不了才停下腳步。

在火車站大廳找到一個位置，我先去買了回台北的末班高鐵，剩下的所有時間通通用在觀察路人。猜想他們為了什麼要到哪裡去，暫時忘記身邊所有煩人的事情。

這些年來，我已經學會不再抱怨，因為我明白了宿命，無論是誰，都逃不過的。我享受著我現在所擁有的一切，相對的就是要付出對等的代價。

聽說的當下，與其說是難過，倒不如說我習慣了。

習慣那種沒有家人的感覺。

「到頭來我果然還是什麼都沒有。」我自嘲般的笑了，天色也漸漸變得墨色般幽暗，我嘆了口氣，準備「回家」。又或者，其實左蓉和花花他們，才是我真正的家人。

我也……不知道該怎麼想了。

從南部北上說快不快，說慢不慢，當我準備打開大門時，也已經是凌晨時分。雖然稍早有傳簡訊給花花說我回家一趟，但這麼晚回家想必要被碎碎唸一頓，前提是她們兩個要在家。

看見門口的鞋櫃鞋子少了兩雙，我就知道今天家裡又鬧空城了。我站在門口翻找著鑰匙，突然想起中午……我好像把鑰匙放在溫皓穎家裡。

我蹲在家門，把臉埋在雙腿間。

一直到有一雙手輕輕撫上我的髮梢，「去哪裡了？」

「回家。」我說，這才發現，原來人在脆弱的時候，說話的語氣居然這麼顫抖。好像只要再多說隻字片語，眼淚就會潰堤。

「先進去吧。」他把鑰匙放在我手上，我搖搖頭，現在的我只想蹲在這裡直到世界末日。

「唉。」溫皓穎輕輕的嘆了口氣，蹲在我的旁邊，問：「怎麼了？」

我抬起頭來望著他，什麼都還沒說我就哭了。

溫皓穎應該也是被嚇到了，他愣了一秒，才伸出手用拇指抹去我的眼淚。可是再怎麼厲害的人，也沒辦法阻止潰堤的水壩，我一直哭，他的雙手承載不了我的眼淚。

我抽抽噎噎的說完一切，我不知道他能不能明白，但無所謂，人，不能被別人明白的事情太多太多。我們不用對方完全明白，我們都只是需要一個傾聽者。

溫皓穎一手放在我的背上，什麼都沒說就把我拉進他的懷裡。我蹲在他的懷抱裡，鼻腔內充斥著他的味道，那個能夠讓我安心的味道。

他一下一下規律的拍著我的背，輕聲的告訴我，「我會一直陪妳。」

我會一直陪妳。

宛如一個承諾。

一個奉上一生的承諾。

最後我還是又在某人家借住了一晚，我頂著哭紅的眼睛跟鼻子，坐在他家沙發上等他去洗澡。因為他身上被我糊的都是眼淚鼻涕。

「幹嘛不回家？」當溫皓穎說出這句話的時候我正在霸佔他家的電視遙控器，跟著聲源轉過頭去，我當場傻眼。

不，與其說是傻眼，不如說是看傻了眼。

你洗好澡之後為什麼不穿衣服啊！妖孽！

「看什麼看？」他走到我旁邊坐下，倒是十分自在。

「確定不穿個衣服嗎？」我僵硬的別過頭去假裝在專心看電視。

我從眼角餘光看見他微微勾起嘴角，「這是我家欸，妳幹嘛不回家？」

也許是出自於某種奇特的恐懼感，我現在一點也不想要一個人，總覺得好像會因為自己一個人而被永遠拋下。

我沉默，不知道該怎麼說這種感覺，而溫皓穎這個人自目歸自目，有時候還是頗善解人意的，這種時候他通常什麼都不會說。

「莫靖余他……有跟妳說什麼嗎？」他轉移話題，不過轉得非常糟糕，害我又想起這件事。

「嗯。」我點頭，「你怎麼知道？」

溫皓穎聳肩，「總覺得是時候了。那……妳怎麼回答？」

我看著他，抿了抿唇，「我什麼都沒說。」

似乎是發現自己開啟了錯誤的話題，他笑了一下，「好啦。」搶走我手上的遙控器，驚覺自己囊中物被搶走的我回過頭去緊抓他的手。

一瞬間，好像有什麼浮上心頭……

第一次被強吻、第一次被壓在沙發上……

我像觸電一般快速放開他的手，別過頭去。

沒有仔細看他的表情，尷尬的沉默一會兒後，他才開口：「妳睡沙發。」

我張大嘴巴看著他，控訴他的待客之道。

「這我家。」溫皓穎再次拿出他的主人威能，指了指地板。

「可是……」可是我不想一個人……

而且溫皓穎不是說，要一直陪我嗎？

我盯著他看，他也跟我對看。

「唉。」最後，投降的果然是他。

得到允許之後，我馬上從沙發上跳起來，屁顛屁顛的跟著他。

溫皓穎從衣櫃裡頭搬出一床棉被，放在他的床上，佔據了右邊。他用棉被蓋住腦袋，「不要超過中間那條線，我會沒辦法忍住。」警告我。

我聳肩，儘管我知道他看不到。覺得好笑之外也覺得他有點……可愛。

順手關上了房間電燈，我擠上他的床。

看著他的背，我什麼也沒想就跟無尾熊一樣把手跟腳都跨在他的身上。

「欸妳……」溫皓穎大驚，轉過來反而被我抓的更緊。
有一剎那，我竟然想說，要是他受不了了我也沒關係，因為對方是他。
我閉上眼睛，享受好久沒有體會過的安心感，「謝謝你。」
但其實我想說的是：「我喜歡你。」可是在我好好拒絕學長之前，我不能說。
他輕輕的吐出一口氣，氣息打在我的臉上，都是他的味道和著淡淡沐浴乳香味。
溫皓穎伸出手掌順了順我的髮絲，就算在黑暗裡我也能感覺到他微微勾起的嘴角。
「晚安。」

隔天接近中午時，我才被手機鈴聲吵醒。
昨天晚上什麼都沒有發生，我不禁讚嘆著溫皓穎的意志力。
伸出手摸了摸身旁，什麼東西都沒有。
心想他大概是先起床了，我滑開手機，看到傳訊息來的那人的名字，我愣住了。
是媽媽。
她的訊息我看著看著，眼淚再度忍不住滑落。
媽媽是這麼說的：「曉恬，我知道你沒辦法體諒媽媽，但我希望妳明白，我和天下所有的母親都是一樣的，我不會害妳。那天妳說的話，我思考了很久，的確，因為仇恨和情緒讓雙眼被蒙蔽，或許我和妳父親本就不該這樣互相傷害。我之所以會禁止他的一切探視，只是因為我害怕。曉恬，妳肯定不知道一個離婚的婦女，有多害怕再失去她的孩子，妳父親有個女人陪她，而我自始至終都是孤單的，除了妳以外。我不是一個擅長言語的人也很拉不下臉……曉恬，我只是想說，我很愛妳。」

盯著媽媽的訊息，我想，很多事情本就有它的兩面，站在不同人的角度來看就會有不同的因果。而那些屬於我母親的脆弱被她隱藏得太好。我沒有資格批評，更沒有資格說誰是對的誰又是錯的。

我回了一句對不起跟我愛妳，然後關起手機螢幕。按照我媽的個性，她一定討厭這些感性的話，所以我選擇讓她明白我懂了就好。

我這時候才從床上爬起來，走出房門，在他家轉來轉去都沒看見他，最後才在餐廳桌子上找到一張紙條。

「出門，回家記得鎖門。」

簡潔有力。

我嘆氣，昨天才說好要一直陪我的，今天馬上就不見人影。

再仔細想想，這樣的承諾根本不算什麼，就算不履行，也不會怎樣。而且說不定，他那些話都只是為了安慰我。

關上他家的門，我左顧右盼不希望被看見我住在溫皓穎家，然後以迅雷不及掩耳的速度溜進家裡。

家裡只有手握著遙控器正在沙發上呼呼大睡的左蓉，我偷偷摸摸的跑進房間沒被她發現。

躺在自己家的床上，總是會有種放鬆的感覺，我拿起手機滑啊滑，目光最後停在甄臻三分鐘以前發表的照片。

是她跟溫皓穎的合照。
地點是，野柳海邊。
這個瞬間，閃過我腦中的情緒有很多，而最大的，就是憤怒。
雖然我也不懂自己到底在憤怒什麼。
拿起包包跟左蓉的車鑰匙，我沒多想，就打算開車到野柳去。
幸虧一路上的指示牌都很明確，我才沒落得迷路的下場。
暫時不去想我會不會害左蓉收到超速罰單，我隨便找了一個地方停車，踩著重重的步伐往觀光客聚集的地方走。
很快的，我就看見一群人。甄臻和溫皓穎就站在人群之中。
都到了這個時候，我才發現自己沒辦法靠近那群人，我就好像是個完完全全的局外人，跟他們不同世界也沒有交集。
可能真的是我太麻煩溫皓穎了。
正當我打算轉身離去時，那一群人之中，突然一個男生叫住我，「是蔚曉恬嗎？」
如果可以再多給我三秒鐘思考，我一定不會停下腳步，習慣真是可怕，不管是誰叫住你都會下意識停下腳步。
我尷尬的點了點頭，他們幾個人跑了過來，包括溫皓穎跟甄臻。
「學妹妳怎麼也在這裡？」甄臻看著我，挑眉，頗有挑釁意味。

「我……」我看了溫皓穎一眼，明白他是不會在此時此刻為我說什麼的，於是我回答：「來找人。不過我剛剛發現是我記錯時間了，正準備要回家……」

趁甄臻點頭時，我找到空檔連忙頭也不回的開溜。

回到車上，回想自己當時實在是太衝動了。可是看到他們兩個走在一起，心裡又有一個地方覺得很酸。我曾答應過他不要拆穿他的面具，卻沒想到曾答應過的事情會這麼難以實踐。

放棄掙扎，我最後還是選擇驅車回家。

想了想，真的覺得自己像個笨蛋，把別人的同情誤認為是別人的真心。

還又翹了課。

我將車子停好，像是發洩似的用力甩上車門。手離開車門的同時，手腕卻被人給緊緊抓住。

我驚恐的回過頭，似乎是一路跟著我回來的溫皓穎看著我，「不要這樣。」

我用另外一隻手想拉開他，無奈他力氣實在太大，我根本無力抵抗，只能死死的瞪著他。每一次都這樣，我只能任由他擺佈。

「不是她找我去的。」溫皓穎抓住我另外一隻手，強迫我和他面對面。

「嗯。」我低著頭，沒有看他。

我真的是笨蛋。

愛吃醋又無理取鬧的笨蛋。

「還在生氣？」他問，帶點笑意。

深怕被誤會，我馬上抬起頭，「我……」

要怎麼開口？

我只是吃她的醋，這樣？

不知道怎麼說，我無言的看著他。溫皓穎就跟我所想的一樣，好像明白我到底想說什麼。

「我不會，笨蛋。」他這麼回答。

我沒有問他到底不會什麼，因為在我認真思考這個問題之前，花花就嚇到我了。

我一開門，就看見她坐在裡面用電腦。她看見我回來了，就闔上電腦。

「蔚曉恬，他不是妳的誰。」此話一出，我馬上頓住。

「花花……妳在說什麼？」過了好幾秒我才回神，花花到底在說什麼？

「妳沒必要追到野柳去。」她淡淡的陳述出了事實，我一臉「妳怎麼知道」的表情看著她，

「唉。」花花嘆了口氣，「我回家的時候左蓉就跟我借車，她說妳好像把她的車開走了。妳不會不知道我是唸電腦的而且自從妳的車被偷之後我就在我跟左蓉的車上加裝了遠端定位系統吧？加上妳最近行為舉止又那麼古怪，我自然是要注意妳一下。」

我被她說的啞口無言，但花花還沒有要放過我的打算，繼續說：「根據我這幾次的觀察，溫皓穎這個人呢，我雖然不算認識，但還看得出來他的跟表面上不一樣，妳自己要小心。我不想看到妳受傷。」

我知道花花是聰明人，卻沒想到她這麼聰明。我個人認為溫皓穎的偽裝近乎完美，卻還是被花花硬

是鑿出了一個孔。

「妳不要那樣看我，這種表面上和實際上不同的人太多太多了，所有的政治人物幾乎都是如此的啊。」花花一臉不屑，「不過……我原本以為妳看不上他，沒想到這麼出乎我意料之外。他是壞人還是好人我不敢說，可是，如果莫靖余跟溫皓穎比的話，我還是寧願妳選擇溫皓穎。」

「為什麼？」我問，該不會花花也已經知道學長跟我告白的事情了吧？

「暫時還不能說。等妳決定好答案的那天，我就會告訴妳。」

「如果我選擇莫靖余會怎麼樣？」我戰戰兢兢的開口問，就算知道這個答案應該不會實現。

花花站起身，抱著她的電腦準備回房間。

正當我誤以為這個問題得不到答案的時候，花花拍拍我的肩膀，說：「妳會後悔一輩子。」

我站在原地看著她回房間，始終想不透。

到底是什麼情況，會讓我後悔一輩子？

這個問題我自己煩惱了很久，每堂上課的時候都在想這件事，花花一臉不是在跟我開玩笑的樣子，但不管我怎麼問她就是不再針對這個話題做出回應。想當然爾，我也沒辦法跟別人討論這個問題，只好一個人不停鑽牛角尖。

「吼。」我低吼了一聲，在我旁邊教我微積分的溫皓穎淡淡的看了我一眼。

他曾幾次問我怎麼了，可是我怎麼可能告訴他！

問了兩次都得不到答案以後，他不知是覺得我沒救了還是怎樣，也不再開口。

「我去廁所一下。」拋下他，我迅速躲進廁所。

打開水龍頭把自己的臉潑濕試圖冷靜，這件事情本身就已經很傷腦力，更何況還是在溫皓穎旁邊想這件事。

不行，不能讓這件事再困擾我了！

花花那時候好像也說，等到最後她會告訴我答案。

船到橋頭自然直，沒錯。

我用雙手拍了拍自己的臉頰，然後走出廁所。

但我居然看見溫皓穎在收拾東西。

「你幹嘛？」我丈二金剛摸不著頭緒，他拿起自己的東西，走向我，並且把我剛剛放在桌上的手機放在我的手心裡。

「好好面對。」

他只說了這句話，揮了揮手就離開了。

我還搞不清楚狀況，就看見新的訊息，訊息的發送人是學長。

他說：「好。」

好什麼？

我點開聊天記錄，上一則的時間是一分鐘以前，也就是我在廁所裡面的時間。我慢慢往上滑，越看越無法置信，還沒辦法冷靜，家裡的門就猝不及防的被打開。

「曉恬。」學長站在門口，因為剛剛溫皓穎走了之後忘記關門，才讓學長有辦法直接打開門。剛剛，學長傳了訊息問我說：「曉恬，我在樓下，有事找妳，可以上去嗎？」溫皓穎居然直接幫我回覆：「可以，上來吧。」還跟他報了樓層，甚至用我家的控制系統直接打開樓下的門。

「學長。」我朝學長點點頭，事到如今我也不可能說那訊息不是我回的，於是我先開口：「學長，找我有什麼事嗎？」

學長看起來有點不好意思的搔頭，我大概知道是什麼事情了。

「那天的事。妳有答案了嗎？」他說。

我有答案了嗎？我有。

但我要如何開口？學長被傷得太深，我又怎麼能再去當一個加害者？

「我……」我眼神往左往右飄了飄，就是不肯看著他。我想說實話，想要他好好去找一個他愛著，同時也深愛著他的人，可是一對上那雙眼睛，我就明白，無論如何，現在的我都沒辦法要他死心。

我腦中思索著任何可以讓自己脫離現在這個情境的方法，卻是徒勞。

我從餘光看著學長似乎欲言又止，可能是不想勉強我現在決定，同時又不想要繼續猜測。

「曉恬。」這個時候，我的救星出現了。

花花推開被學長輕輕掩上的門扉，踏進家門走到我旁邊。她握住我的手，像是安慰我一樣。

「學長，請問你在這裡有什麼事？」花花一臉不耐煩的開口，學長顯然也沒想到花花會在這個時候殺出來，有點不知所措的搖搖頭，「沒事。」

「曉恬，妳再好好考慮。」

學長一離開，我就忍不住腳軟。

花花眼明手快的扶著我，在她的視線之下我說出了剛才發生的那些事情。

「花花，我真的知道我的答案，那妳可以告訴我那天那些話，有什麼含義了嗎？」

花花沉默著，好幾分鐘後才緩緩開口。

「不是我不願意告訴妳。只是這件事情有非常大的可能會去左右妳的決定。」花花嘆口氣，繼續說，「我明白妳現在的想法，但在現實的面前什麼事情都是可以被左右的。」

我閉上眼睛，仔細思考她所說的。現實的面前，是不是在說我沒有勇氣拒絕學長這件事？

「溫皓穎到底想怎樣……」我現在對他感到有點生氣，無緣無故拿我手機就算了，還放別人進來我家。

花花聳肩，「我猜，他應該只是以為妳那些難以啟齒的煩惱全部都是因為學長吧？他只是在妳背後推妳一把，要妳自己好好面對。如果他真的喜歡妳，那他現在肯定……有點害怕。」

「怕什麼？」我才怕到腿都軟了，他怕什麼怕！

「怕失去。」花花用桌上玻璃杯外側的水珠在桌上寫上「失去」二字，「溫皓穎，我也不知道他是不是在裝傻，總之，就算他不是在裝傻也不會去解釋什麼。」

花花拍拍我的肩膀，回她的房間去了。

聽花花這麼解釋，我對溫皓穎的氣憤也少了一些。雖然不到能夠完全覺得無所謂，但至少有一部分是我的不對，我讓他擔心了。

Chapter 10 - 不懂你，不懂我

隔天我依然硬著頭皮去上課，心裡打定好要是遇到學長就要假裝在講電話之後快速離開案發現場。

早上是通識課程，我跟左蓉一踏進教室，就有一位臉有點圓的女同學衝了過來。

「曉恬同學、左蓉同學。」她分別給了我們一人一張傳單，上面是新開的海洋主題樂園的廣告。

「因為我們覺得大一的同學都還不太熟，所以決定一起出去增進感情一下……那個，怎麼說呢……」

我把傳單放在左蓉手上，左蓉明白我這就是沒興趣的意思。不過她可是左蓉，超級無敵宇宙愛玩的左蓉，才不管我想不想去。

「那有誰要去啊？」左蓉看起來很認真的研究著廣告單，漫不經心的開口問。

圓臉女同學伸出手，開始數數兒。

「有我、林曼青、陳可馨……」她口中吐出一個又一個名字，沒有一個有印象。直到最後，她才唸到：「甄臻、溫皓穎。」

我看了左蓉一眼，顯然我們有相同疑問。

「甄臻不是大一的吧？」

聽見這個問題，圓臉同學愣了一下，然後左右張望，確定沒人站在我們附近，才小聲的說：「我在找溫皓穎的時候，不小心被甄臻聽見，她說什麼都要去，我也不知道該怎麼拒絕她。」

左蓉一臉她明白的樣子點了點頭，我則不動聲色，心裡卻不停翻白眼。

「我們確定一下時間再告訴妳吧。」

「當然，這是我的聯絡方式。」她將手機號碼寫在一張便條紙上遞給左蓉。

我們找了角落的位置坐下，左蓉一坐下就靠在我耳邊說：「最近這種人好多。」

「什麼意思？」我搞不清楚狀況。

左蓉搖搖頭，還拍了一下我的肩膀，「蔚曉恬啊蔚曉恬……所以我說妳根本就是跟世界隔絕啊……」

「到底怎樣啦！」我撥開她的手，把她那討厭的表情推開。

左蓉扁嘴，似乎很委屈的樣子，「剛剛那個女的，根本只是想藉機親近那些紅人。林曼青是外文系系花，香港人，父親可是香港一代影星。陳可馨就更不得了了，新聞系系花，才上大一沒多久就有電視台搶著簽下她，不只漂亮更有實力。溫皓穎這不用多說了吧，法律系系草，本大票選最具潛力未來好老公第一名。」

雖然不太認同莫名其妙的最後一項，但我大概明瞭左蓉想說什麼了，「那個臉很圓的想紅喔？」

「欸嘿，沒錯。」左蓉欣慰的看著我，「而且剛才我們不是問題為什麼要找甄臻嗎？她雖然一臉苦惱的樣子，但心裡明明高興的很，雖然甄臻個性很糟糕，可是不管怎樣，她還是算個紅人。」

我不禁搖搖頭發出嘖嘖嘖的聲音，當個沒沒無聞的人不是很好嗎？

人都要失去以後才懂得珍惜，是平凡人的時候羨慕明星，但當人是明星的時候又羨慕平凡人的無拘無束。

「所以，為了避免被利用，這個約我想我們還是……」

「我要去。」左蓉話都還沒說完，我就堵住她的嘴。

她睜大眼睛，一臉驚恐，「妳燒壞了？」

我搖搖頭，「我想去玩。」

想也知道，我怎麼可能想跟那群人一起出去玩，要不是甄臻跟溫皓穎都要去，我才不會這麼無聊。

只是這種事當然不可能給左蓉知道，要是她知道了肯定又要唯恐天下不亂，想到就害怕。

下課後我們告訴圓臉同學我們都會去，她喜出望外的握住我們的手，並且宣示她一定會好好辦。

離出發的日子越來越近，圓臉同學雖然三不五時會來找我們聊天，但我一向是有問才有答，再加上我對她其實沒什麼好感，幾次之後她發現聊不下去，自個兒就摸摸鼻子少來熱臉貼冷屁股了。

我沒跟溫皓穎說我也要一起去的事，我要假裝不知道他要去，當天再裝作很高興也很意外看到他。

圓臉同學要我們早上八點就在車站集合，對我來說這時間實在有點太早，而且要跟我同行的那個人沒有人叫就一定起不來。

所以，這個不遲到的任務就落到了我的肩膀上。

我早上六點就叫醒左蓉，根據慣例，她如果不摸個一小時再出門那就是那天她生病了。

我的預估果然是正確的，我們抵達火車站的時候，剛好是七點五十九分，澈澈底底的壓線。

所有人早就在那裡等了，我看了看，就是沒看見甄臻跟溫皓穎。

圓臉同學這時候才出現在我面前，告訴我要再等一等，溫皓穎跟甄臻還沒來。

而旁邊一群男生則一臉曖昧的嚷嚷著他們兩個肯定是昨天「玩」太晚之類的話。

白眼。

圓臉同學離開以後，我想跟左蓉抱怨，她卻不見人影，肯定又是看到認識的人，去找人聊天了。

我一個人站在群眾外圍，滑著手機。

回覆完媽媽傳來的訊息以後，我感覺到有人輕輕拍了我的肩膀一下。

「請問，妳就是蔚曉恬嗎？」我轉過頭，看見一個一頭長直黑髮的漂亮女生，她的氣質出眾，五官精緻，氣質是從她骨子裡散發出來的，有別於那些看起來像工廠統一規格生產的人工美女。

「是，我是。」我微笑著回答，「請問妳是？」

她朝我伸出手，「我是新聞系的陳可馨，久仰大名。」

我友善的回握，她的聲音跟長相一樣很溫柔，果然是當主播的料。

「很高興認識妳。」

「哪有，我才是呢，不瞞妳說，妳的每本雜誌我都有買。」

雖然不是第一次聽別人這麼說，但是對方是這樣一個大美女的時候感覺又更微妙了。

我告訴她如果有興趣的話下次有機會可以一起去拍攝，我想，以她這個長相攝影師肯定很愛。

「謝謝妳，曉恬，妳人真好。坦白說，我這次會來也是因為主辦告訴我妳會來我才來的。」

我傻住。

因為主辦說我會來所以她才來的？

可是那個時候，圓臉同學明明先告訴我陳可馨會來，才問我要不要來的啊？

怎麼回事？

我沒有問陳可馨那些疑問，因為此時溫皓穎跟甄臻才姍姍來遲。

「你們可終於到了啊。」圓臉同學馬上湊了上去，「幸好我們約定的時間比火車早了四十分鐘，不然就要開車去了。」

我看向他們，溫皓穎跟我對上了眼，我趕緊撇開視線，假裝繼續和陳可馨相談甚歡。

溫皓穎出乎我意料之外的走到我旁邊，禮貌的問了陳可馨是否能夠讓我跟他借一步說話。

陳可馨點點頭以後，他拉著我走到旁邊，「妳又在亂誤會一通了？」

我抬頭瞪他一眼，「沒有啊，又不關我的事。」

「甄臻要我去載她，當時人已經很多了，我不好意思拒絕啊。」溫皓穎自顧自的說，完全不管我有沒有在聽。

「你今天怎麼了？」我問，平常溫皓穎哪會解釋這個解釋那個的，該不會吃錯藥？

他頓了一下，「我以為妳不會出現。」

「我本來就打算來。」

溫皓穎在我面前難得露出一絲驚訝，「所以主辦說的是真的哦？我以為她在唬爛。」

「到底怎麼回事？」我問，照主辦告訴我的，她應該是先約溫皓穎跟陳可馨才來約我的，可是現在……

我困惑的看著他，溫皓穎眨了眨眼，「妳被利用了吧。那個女的以妳會來吸引其他人參加，畢竟可以跟蔚曉恬一起出去玩的機會……實在少有。」溫皓穎偏過頭，「我猜她一定也沒想到妳會答應吧，搞不好她已經計畫好要跟大家說妳臨時有事？不過……妳為什麼會答應啊？」

我才不可能說因為甄臻要跟他一起來，於是我反問：「我要來有吸引到你？」

「我本來就覺得妳不會來。」

言下之意就是，沒有吸引到他。

我點點頭，不知道要說什麼。

這時候甄臻果然又出現在溫皓穎背後，「我們要出發了哦。」

然後手很自然的抓住溫皓穎，把他帶走。

這種場面我太習慣了。

一次又一次的，他從來不反抗。

我真的覺得自己很愚蠢，自己把自己在他心中的模樣看得太重。

我在隊伍後面跟著大夥兒上車，左蓉跑去找別人玩，於是陳可馨坐到了我隔壁，她一一跟我介紹同行的人，但我根本沒把注意力放在記住他們的名字上。

話題結束以後我滑著手機，到目的地至少還要兩個多小時，我百般無聊的瀏覽著社群網站的動態，一個名字閃亮亮的映入我的眼簾。

溫皓穎十分鐘之前發表了一張照片，照片是從車窗外拍出去的風景，搭配上的文字讓我心跳漏了一拍。

「但我還是想試試這萬分之一的機率。」

雖然不知道是不是自己自作多情，但還是覺得……有點開心。

他是在回答我嗎？

因為出門時間還算早，抵達目的地的時候也不過才中午，大家進去飯店把東西放一放之後打算先去玩個半天然後明天再繼續玩。

跟我同房的是左蓉，她一進到房間，行李通通丟在地上，就拿著手機湊了過來。

「欸妳看這個。」她點開社群網站的截圖，在我眼前晃了晃，「大家都覺得這是在對甄臻說。他們會不會到最後真的在一起啊！」

「我看過了。」我推開她擋住我視線的手。

左蓉隨手抓起寶特瓶，舉在握面前充當麥克風，「那麼請問蔚曉恬小姐，妳對這篇貼文的看法是？」

我翻了個白眼，「愚蠢。」

其實我也不知道那個愚蠢是在罵左蓉還是溫皓穎還是我自己。

我一向對這種地方沒什麼興趣，陳可馨也是，她是一個不太會拒絕別人的人，說要跟我一起在旁邊看，結果最後總是被抓去玩。

溫皓穎倒沒再跟甄臻單獨走在一起，他跟一群男生專挑刺激的玩，甄臻硬是要跟在旁邊，誰不知道她只是想趁機偷抱溫皓穎。

我實在後悔跟來。

「曉恬不玩嗎？」圓臉主辦注意到我自己坐在旁邊，走過來「關心」我。

我斜斜睨了她一眼，利用我就算了，居然還是利用我去欺騙別人，「請妳不要再用我的名義騙人，呂予岑小姐。」

剛剛無聊的時候我查了一下圓臉同學的資料，家世背景不明，只知道本名，而且與我同一科系。

呂予岑頓住，隨後搔搔頭，一臉不好意思的說，「真的很抱歉，我下次不會了。」而後就匆匆跑開。

我看著她跑走的背影，她朋友似乎問她剛剛我們說了什麼，她只是搖搖頭，想必她就連自己的朋友都欺騙了吧。

我忍不住嘆氣，感嘆世道之衰微。

「欸欸欸，曉恬，快來。」左蓉在圓臉同學離開後不久朝我跑來，什麼都沒解釋就抓住我的手把我拉往人群裡面。

「哦，來了！」其中一個男生大叫。

所有人圍成一個圓圈，左蓉拉著我站在人群之中，跟他們一起圍成圓圈。

「要幹嘛？」我問左蓉，目測這裡大概有十幾個人，通通都是我們學校的，溫皓穎跟甄臻他們兩個站在對面，一副感情很好的樣子。

左蓉朝我笑，看她一臉賊兮兮的樣子我就知道肯定沒好事。

「幹嘛啦？」

「大冒險。」

我到底上輩子是造了什麼孽，現在才要在這裡跟這些人一起玩大冒險。

而且這麼多人，猜拳是要猜多久啦！

眼看這情況我也不好拒絕他們，反正這麼多人我應該不會那麼倒楣，

「來囉，剪刀石頭布！」

將近二十個人猜拳，一次就分出勝負的機率是多少？

我不知道，但，就是這麼好運給我遇上了。我甚至懷疑其實是這群人串通好的，想進行什麼陰謀。

他們全部都出剪刀，只有我出石頭。

「啊啊啊啊啊——」左蓉發出慘叫，「為什麼曉恬妳運氣那麼好！」

接下來我就站在旁邊看他們猜好幾百次拳，好不容易終於選出最輸的一個人，在看見那個人的瞬間我就相信，其實上帝還是眷顧我的。

甄臻最輸。

「最贏的出題！曉恬妳出題吧！」左蓉興奮的拍手，人群之中有人看好戲有人期待有人擔心，能看

到甄臻被整真是難得、能看到蔚曉恬整甄臻更是千年難得一見、最好是能夠看見甄臻反擊，那就真的不枉此生了。

我思索著我現在究竟該怎麼辦，同時間甄臻已經抓著溫皓穎的袖子，「皓穎……」還蹭來蹭去，真想送她一根中指。

我看著他們，一不小心跟溫皓穎對上眼，趕緊收回視線。可以感覺到，所有人現在都在等待溫皓穎的答案。

而暖男溫皓穎果然也不辜負大家的期待，很勇敢的站出來，「我代替甄臻吧。」

「哎喲——」

「英雄救美！」

「該不會……」

我磨牙，溫皓穎你這傢伙……

要逞英雄是吧？

「不然，你去問那個店員，那種有小蕾絲的鞋子有沒有你的尺寸好了。」我指著一旁的紀念品店，店裡面有很多很可愛的童鞋，上面都有淺藍色的蕾絲，是小女生的最愛。

四周大笑的聲音不絕於耳，不是我在說，去做這種事真的也算是滿丟臉的。

「好。」騎虎難下的溫皓穎，表面上看起來很阿莎力的答應了。

為了避免妨礙店家做生意，我們派一個人跟在他後面進去錄影，當溫皓穎從店裡走出來的時候，那個輕鬆的表情讓我想一腳踹死他。

根據錄影同學口述，店員用很冷靜的口氣回答溫皓穎：「那請問小朋友有來嗎？」

實在讓人不知道要說什麼。

後來不知道是哪個白癡提議再玩一局，贏的是一個男生，聽說是超級嗨咖，想必會出的題目都很天才，這局輸的實在太倒楣。

但就是有人可以倒楣成這樣。

甄臻本日第二輸。

當她又看著溫皓穎的時候，眾人都在猜想這一次大概還是整不到甄臻。

可是這一次，溫皓穎居然笑著說：「要自己承擔哦。」

原本低著頭的我倏然抬頭，同時望見他眼眸中的，我的倒影。

溫皓穎……到底在想什麼？

「那，妳去問那邊那個路人，今年西元幾年，如果他回答妳了，妳就要裝作很驚訝的樣子，說妳成功穿越時空了。」

噗。真不愧是男生，沒在怕甄臻的小心機報復，有夠狠。

甄臻狠狠的瞪了他一眼，那個男生聳聳肩，一臉沒在怕。

結果就是，那個路人給了甄臻一眼「妳神經病啊？」的眼神後就默默離開了。

全部的人都忍不住笑了，只有甄臻手握著拳頭，咬著下唇，很不甘心。

眾人眼見情況不對，紛紛提議先分開行動，免得掃到颱風尾，反正該看的也看到了。

甄臻看見大家都離開了，哼了一聲也就氣呼呼的自己一個人離開了。

我站在原地，陳可馨站在我旁邊，她眨眨明亮的眼睛，問：「溫皓穎到底有沒有跟甄臻學姊在一起？」

我搖搖頭，想了想還是說：「不知道。」因為，就連我也不敢肯定沒有。

「感覺上似乎他對所有人都那麼好，又好像對甄臻學姊特別好，如果溫皓穎沒有那個意思，說不定甄臻學姐也會以為有。」陳可馨悠悠的說，這一次，我忍不住點頭。

會不會溫皓穎對我的那些好，其實也算在他的習慣的一部分裡面？

雖然有時候會露出真面目，可是，會不會他對我的溫柔跟對甄臻的那種一樣……

我不想成為像甄臻一樣的女人，喜歡那些不屬於自己的東西還緊緊抓著不放。這樣看在別人眼裡只會覺得我很愚蠢，自己也會覺得好累。

不知不覺，夕陽也出現在西方的地平線附近。

甄臻不知道跑去哪裡，可是似乎沒人真的很在意，有人說她可能回飯店了，於是大家也就都這麼認為了。

那一群精力好像永遠用不完的人，還提議要去附近的夜市逛逛，明明我和他們年紀一樣大，為什麼我總是有一種自己已經很老的感覺？

我婉拒了他們的邀請，打算自己回飯店去休息。

飯店和門口是相反方向，我自己一個人走在夕陽下，影子被拉得很長，四周的家庭和情侶嘻嘻鬧鬧的似乎襯托著我的孤單。

一直到有個人從背後牽住我的手。

我猛然回頭，看見的是溫皓穎的臉。金光灑在他臉上，讓眼前這個人顯得格外不真實。

「溫皓穎……」下意識的叫了他的名字，他低下眼眸，看著我，「嗯？」

「為什麼要幫她？」我問，就算只有一次，我還是很在意。

溫皓穎拉住我，停下腳步，我回過頭看著他，「那，如果我那時候沒幫她，妳會整她嗎？」

我張開嘴巴，卻不知道可以說些什麼。

所以……

「你是因為這樣才幫她？」因為不要我為難，所以才這樣做？

溫皓穎點點頭，可是，他這樣說，只是讓我更害怕。害怕他那些體貼是假的。

我被他抓住的手稍微用了點力，深怕握在手裡的溫度會消失，又怕捉得太緊，最後只是傷害了自己。

「我真的很害怕。」我聽見自己這麼說，很小聲，但溫皓穎一定也聽見了，「害怕我也只不過是另外一個甄臻。你的好都是假象，只要你對我好我就好害怕……」

他斂下眼，朝我跨了一步，最後站定在我面前。

「蔚曉恬。」他的聲音喚著我的名字，我抬起頭，望進他的雙眼，「妳要我怎麼做，才願意相信？」

我沒回答，是因為我也不知道。

不，其實他根本不是我的誰，我到底……

「對你來說，我跟甄臻有什麼不一樣……」

我們只不過是用著不同的方法喜歡你，你卻總是讓我們誤會，或者是覺得自己誤會。

溫皓穎低下頭，把我的臉捧在他手中，我一時之間居然覺得呼吸困難。

「蔚曉恬。」溫皓穎猝不及防的將我攬進懷裡，我將腦袋擱在他的肩膀上，他低頭，在我耳邊輕聲說著：「我喜歡妳。就算妳脾氣確實很差、就算妳真的很不會照顧自己、就算妳現在還沒拒絕另外一個人，我還是喜歡妳。」

我傻傻地看著他，雖然我說我也有一點點覺得他喜歡我，但「我喜歡妳」這句話從他嘴裡說出來，就變得好不真實。

溫皓穎放開我，我什麼都沒說，只是因為我還背負著別人的感情，要是我現在說了，不就是我以和別人在一起這件事去拒絕某個人嗎？如果那個人不是學長，我也不想管這些，但，學長不應該每次都這樣受傷。

我想，溫皓穎也明白，所以他只是輕聲說：「我們回去吧。」

Chapter 11 - 誤會

我的生活，並沒有因為溫皓穎對我說「我喜歡妳」而有任何改變。

回家之後，我還是照樣偶爾上學偶爾翹課，甄臻也還是一樣纏著溫皓穎不放，而溫皓穎當然還是那樣，總之，那天的一切總是讓我懷疑那是不是夢。

但我已經不像之前那樣，會因為看到甄臻那些所作所為而感到不屑或是憤怒，反倒是覺得她有點可憐。

我關上家門，不知道為什麼，我失眠了，就因為母親昨夜傳來的訊息，希望我去巴黎工作兩週。我在想，既然我與母親的誤會解開了，我又何必堅持不去做，可是，再想想，我的堅持真的有那麼一文不值？這是許多人夢想的工作，還有，母親的態度也不像之前那樣強硬，由我自己決定。所以，這一次，真的能說是我的意願了。我常口口聲聲說想當個平凡路人，卻沒發現我還是有點喜歡工作後得到的成就感還有某些透過這件事而認識的人。

如果要去，明天就得出發。

半個月，可以改變的事情有很多，可能回來的時候大家都變了，就連我也不例外。對現在的我來說，我害怕改變，因為充滿不確定。

早起的時候看到的街道特別不一樣，空氣特別清新，心情上也覺得舒緩許多。

我漫步到巷口，巷口的早餐店還是跟我平常起床的時候一樣高朋滿座，這也難怪，畢竟現在好吃又便宜的店實在不多，這樣的店對學生來說是寶貝啊。

「裡面坐喔。」一踏進店裡面，老闆娘隨即熱情的招呼客人，我向她微笑，在角落找到一個兩人坐的位置。

點完餐以後，我觀察著周圍的人，會這麼早起的大學生實在不多，大多數是附近的國中生還有上班族。他們有的一臉想睡，有的充滿活力。

「曉恬，我可以坐這裡嗎？」隨即我聽見某個人這麼說，我抬起頭，是有一段時間沒見的學長。

我看了看四周，的確已經沒有空位了，於是我說：「當然。」

之後我便低下頭滑手機，只是因為我不想去思考，要是學長又開口提那件事，我該回答什麼。上次是因為有花花救我，但現在我可是孤立無援的狀態。

「曉恬。」

以至於當學長開口叫我時，我嚇了好一大跳，差點摔了我的手機。

「什、什麼事？」

「妳不吃嗎？」學長沒好氣的指著我桌上的早餐，什麼時候送上來的我都沒發現。

他拿起旁邊的竹筷子，夾了一塊蛋餅要餵我，我尷尬的笑了一笑，接過他手上的筷子。

學長眼裡閃過一絲的情緒，我終究還是假裝看不見，我不是聖人，就算不希望他受傷也不能時時刻刻顧慮他的感受。

也許我也是很自私的吧。

我低頭猛吃，學長大概也察覺了什麼，沒有再說話。

這真是我吃過最難熬的一頓早餐。

因為早上剛好有課，我匆匆吃完後就和學長道別，往學校的方向離開。

早上的校園，通常人都不多，可能因為這樣，今天路人對我的注視率特別高，我摸摸自己的臉，沒什麼怪東西，也就不把這件事放在心上。進教室後，同學也是一直盯著我，我自認沒有翹課到需要對我的出現這麼大驚小怪，可是我也不知道要怎麼開口。左蓉今天沒有來上課，大概還在睡覺，所以也沒辦法問她。

課程進行到一半的時候，大多數人已經不再注意我，於是我打開手機，登入學校論壇，果不其然又看見自己的八卦被掛在論壇置頂文下方。

人家說所有的疑問都能在網路上得到解答這件事果然不是騙人的。

我點開今天一大早發表的新文章，文章不長，主要就是蔚曉恬跟同系系學會長同居還甜甜蜜蜜一起吃早餐，還附上學長想餵我的那一瞬間的照片。我翻白眼，就這幾行字跟一張照片能吸引這麼多目光，現在人還真無聊。忍不住又往下滑，看了回應，回應裡頭不乏謾罵跟猜測，蔚曉恬劈腿的話題又再次出現，還有蔚曉恬誘拐系學會會長的傳聞，真是夠了。

就算這種事情已經發生過那麼多次，但還是多多少少會覺得難過。人都以為自己已經足夠堅強，殊不知當事情發生時還是會感到無助。

我再往下看，看見三分鐘之前學長回應了那篇文章，上面寫說：「請你們不要再罵曉恬了，一切都是我的錯。」論壇再度引爆大戰。

我明白學長是好意，可是面對這種事情，我們該做的就是不解釋，一旦解釋時說錯話又會沒完沒了，群眾八卦的延燒是有時效性的，只要等待就行。

顯然學長不知道。

「唉。」總是會過去的。

好不容易終於熬到下課，我起身準備走到門口，就感覺到被人推了一下，差點從階梯上滾下去，回過頭，卻沒看見任何人露出奇怪的表情，無從猜測兇手是誰。

走出教室，就看見學長站在門口，同時間他也看我朝我走過來，周圍的竊竊私語已經快要淹沒我們。這個時候我突然想起溫皓穎，要是他誤會了怎麼辦？要是他以為這是我對他那句「我喜歡妳」的回應怎麼辦？

我現在只想越過人群找到他，告訴他我真的很愛他，要他不要誤會……

「曉恬。」我想離開這裡，但學長動作很快的抓住我，要我看著他，「對不起。但我還是想……妳……」

儘管理智上明白溫皓穎不是這種隨著輿論起舞的人，感情上還是想趕快找到他，我很急，又離不開，於是我就忍不住哭了。

學長本來似乎想說什麼，卻被我的眼淚嚇到，連忙伸出手要替我擦拭眼淚，我揮開他的手，趁他跟群眾愣住的時候跑走。

我不知道學長現在是什麼想法，我說過了，我不是聖人，我也有想抓住的人，那個無論如何都希望他留在我身邊的人。

如果我沒記錯，溫皓穎今天早上沒有課，我一路用跑的跑回家。準備打開公寓大門時，門從裡面同時被打開。

是左蓉。

她看著我，那是什麼情緒我看不出來，有難過有憤怒，我真的不知道。

沉默許久之後，她小聲的說了一句：「我不明白。」之後就頭也不回的離開了。

我搞不懂她為什麼要這樣，難道她相信論壇上所寫的？可是我沒有和學長同居，這她再清楚也不過了，到底怎麼了？

我暫時先將她的異樣拋在腦後，用最快的速度達到我們住的那層樓，按下溫皓穎家的電鈴。

沒多久他就開門了，一看到他，我克制不住自己的眼淚嚎啕大哭，「溫皓穎……」

這時候我才發現，我有多害怕失去他，有多害怕他誤會。

溫皓穎感覺很無奈的笑，拉了我一把將我拉進他家的門，他輕輕的抱著我。

「別哭啦。」他的手一下一下的拍著我的背，我想解釋卻不知道從哪裡開始。

溫皓穎舉起食指放到我唇心，要我什麼也別說，他都知道。

「我覺得全世界都討厭我，我明明什麼也沒做，為什麼？」我忍不住對他抱怨。

他摸摸我的頭，「這妳最明白的不是嗎？就算妳什麼都沒做也還是會有人想對付妳，不是嗎？」我點點頭，明白，可是明白跟接受是兩回事，尤其在當我差點失去誰的時候，「蔚曉恬。」他喚我，我抬起頭，他捧著我的臉，眼神無比認真，「如果全世界都討厭妳，那全世界就都是我的敵人。」

「你……為什麼？」我納悶。

世界上還有其他那麼多更好的人，溫皓穎配我，會不會太浪費？

「我說過了。就算妳脾氣差又雙面，我還是喜歡妳。」

「那你那個時候幹嘛放學長進來！」我突然想起，那時候就是溫皓穎放學長進來的。

如果真的如他說的，他喜歡我，那又幹嘛把我推出去？

溫皓穎的眼眸瞬間黯淡，他輕聲地說：「那個時候，妳感覺真的很煩惱，我也不曉得妳是不是喜歡他。妳知道嗎？當妳真的很愛一個人的時候，妳會希望他留在他喜歡的人身邊，就算那個人不是自己。」

我聽著他說的話，又一次的，沒辦法做出任何回應。

溫皓穎，我雖然一直猜不透，但你總是默默地在對我好，默默地幫我。

「謝謝你。」最後，我聽見自己這麼說。

這個八卦比我想的還要熱燒，特別是在女主角撥開男主角的手狂奔離開之後。幾乎整個學校的知道這件事，並且興致勃勃地討論著。

一直到晚上，左蓉才回家，旁邊跟著花花，不同於左蓉早上的異常，她們兩個看起來像是什麼都沒發生一樣。

「還好嗎？」我耐不住這種表面上看起來沒有異樣，實際上卻像是什麼都開始悄悄改變的感覺，於是開口。

約莫三秒之後，左蓉終於忍不住大哭，「曉恬嗚嗚嗚，對不起……」

看著在我懷裡大哭的左蓉，我納悶地眨眨眼，向花花投以求救的眼神。

花花坐到我身邊，說：「她查到匿名發文的人了，原本她誤會這是真的，覺得被妳背叛，但最後發現，是那個呂予岑發文的。」

「這根本就是惡意攻擊！」左蓉抬起頭，看起來比我還氣。

我擺擺手，「算了。」

此話一出，不只左蓉，就連花花也都愣住，「怎麼了？」

「這不是蔚曉恬！」

「這還是蔚曉恬。」我回答，而且我甚至覺得，我找回了更真實的蔚曉恬，「我要出國避風頭半個月。」

「哈啊？」左蓉跟花花同時張大嘴巴，不相信我現在說的話。

我告訴她們，我做決定的心路歷程，好不容易才讓她們的嘴巴稍微小了一點。

這一次，是我自己的決定。

「所以，就是這樣，明天出發，半個月後回家！」在我說完這句話之後，他們的嘴巴比原先張的更大，「騙人！」左蓉站了起來，衝到我房間，沒幾秒又衝出來。

「妳連行李都收好了！」

我點點頭，「又不是去一年半年，只不過是兩個禮拜。」

「的確。」花花也跟著點頭，「把兩個禮拜說成半個月的確感覺起來比較漫長。」

那個夜晚，我躺在床上，整個人放鬆了不少。

因為有人告訴我那些我的不確定都是多慮的，我選擇相信，在承諾之前，我依然相信。

只不過是兩個禮拜。

最後是由溫皓穎載我去機場的。

左蓉那傢伙一直到最後一刻才要我好好照顧自己，大哭著送我出家門。花花則是一大早就跑回老家，顯然不怎麼擔心我。

「去巴黎要好好照顧自己。」他幫我卸下行李時這麼說。

溫皓穎一手拉著行李，一手牽著我，一直到出關口才放開我。

「蔚曉恬，我……」我知道他想說什麼，但我搶先一步暴力的摀住他的嘴，「等我回來再說。」

我摸摸他的臉頰和他道別，一直到出境，我都不敢回頭看他。

因為我怕我這一看，就會捨不得離開。

儘管他已經告白了，仔細思考後，我還是存著懷疑，因為我比誰都要明白，偽裝，正是他最擅長的。說不定我們都只是一時衝動，沈澱一下對我們彼此都好。

我曾想過，若是我們在一起後，甄臻還是這樣，我到底有沒有辦法接受。

沒辦法。

我真的沒辦法接受。

所以，我選擇先要他把那句「我們在一起吧。」收好。

等我回來。

也算是給溫皓穎時間，請他明確告訴甄臻事實。

我相信他懂的。

飛到巴黎後，有人在機場等我，對方是一名華人女子，她自稱是我母親的秘書助理，負責載我去工作地點以及飯店。

第一天沒有工作，我到飯店放了行李後，本想傳個訊息給溫皓穎報平安，才想到台灣現在應該是深夜，怕打擾到他。

無聊透頂的情況下，我翻閱著飯店簡介，上面提到了地下室有精品商店街，我頓時充滿能量，拎起包包就跑下樓。

精品牌在巴黎的限定款通常很多，在所有商品讓我眼花撩亂的時候，櫥窗內的某個東西吸引了我的注意力。

那條圍巾，藍色和白色的裝飾，怎麼會這麼眼熟？

被它吸引，我走進店裡，櫃姐說那是今年新出的巴黎限定情侶款，兩條圍巾的花紋可以拼在一起，是熱銷商品。

最後我沒有買。

因為那條和學長送我的一模一樣。

學長那時候送我情侶圍巾，目的是什麼？還是說從那個時候開始……

如果是的話，那麼我是不是跟溫皓穎一樣，也在不知不覺中給了學長希望？

現在又要讓他絕望……

我曾以為自己有時候就是太善良，卻沒察覺原來我也是很自私的。

「曉恬。」工作人員拍了拍我的肩膀，把我從神遊狀態中喚醒。

我連忙道歉，工作人員人也很好，只說時差難免，就請我去定妝。

這次要拍攝的新廣告的合作對象是現在當紅的混血男模，靠著某次在伸展台上的突出表現贏得媒體關注的他，現在可是全球少女的新男神——安德森。

化妝師請我在他旁邊坐下，安德森本人的五官看起來比照片還要精緻，雖然說我是前輩，但看著他的臉，就連我都忍不住緊張了起來，「Comment allez vous?」

我用法文跟他打招呼，聽說安德森雖是中法混血，但是在法國長大的，想必不會說中文吧。

「前輩，妳好。」安德森朝我微笑，我驚訝的看著他，「你會說中文！」

顯然覺得我的反應很好笑，他咯咯的笑出聲，「當然，我母親是中國人。倒是前輩，妳的法文真是道地。」

看到這麼帥的外國人會說中文當然是很令人興奮的事，而且他絲毫沒有爆紅之後的大頭症，這倒是讓我滿欣賞的。

跟安德森聊天，我覺得非常輕鬆，他很幽默，工作起來也很認真，有不會的地方也會很有禮貌的請教，是個很好的人。

也許他的爆紅不是毫無道理，這樣的人本來就應該成功的。

大概一個禮拜後，我們兩個也熟了，總是在拍攝現場打打鬧鬧的。

網路上常常有傳聞說他個性機車又愛耍大牌，每次看到這種文章我都很順手按下檢舉按鈕。

某個晚上，公司說舉辦了新品發表會要我們出席，當我們兩個站在全球媒體的麥克風前時，我才明白，真的，有的時候就算你已經儘量做的完美，也還是會有人想把你拉下來。

記者們一個接著一個與主題無關的問題將安德森當成目標攻擊，每個問題都包含了他耍大牌、整形、吸毒等等的負面消息。

雖然認識不久，可是我真的明白他不是那種人，就算不是針對我，我也快要聽不下去了。

可能他的爆紅讓時尚圈大力的震盪，所以才一堆人要攻擊他。人們往往只看見成功者的成果，卻沒想過他們背後有多努力。

而我的耐心，在聽見記者提出：「你是否曾經嫖妓過？」時澈底崩盤，我拿起麥克風，環視現場每台攝影機，「你們真的是夠了，所有他的努力你們都看不見，你們都只知道要嫉妒別人的成功，也不想想自己又為了夢想做過多少努力。安德森是怎樣的人認識他的人都明白，也許你們想抹黑他，又或者你們想知道你們所謂的男神是否真的如此完美，現在我只想說，是的，他在我眼中是完美的，你們沒必要再刻意挖掘他的負面新聞……」

我說，第一次感覺到自己是真的可以說出自己的想法。我和以前不同了，現在的一切是我的決定，我拒絕唸新聞稿，我想表達自己的想法。

現場所有人，包括安德森，通通愣住，我知道今天的採訪是直播的，所以我才要選擇現在說。無論會得到什麼評價，現在的我，覺得自己真的找到迷失很久的自己了。

回飯店後，我接到安德森的電話。

他的聲音聽起來也很愉悅，安德森說，從來沒有一個人願意在螢光幕前這樣幫他說話，每個人都想自保，能裝作沒事就裝作沒事。

我告訴他不用客氣，這是我想說的，也是應該說的。

切斷電話，我打開電視，果不其然，全部的新聞台都強力放送著我剛剛的那些話。主播的評價大多出乎我意料之外的好，我原本以為會一起被罵的。沒想到，還有個主播說我是最有義氣的朋友，讓我有點哭笑不得。

往後切到娛樂新聞台，娛樂主播的看法倒是有點不一樣，「究竟，當紅小鮮肉安德森與設計師二代模特兒蔚曉恬有什麼不可告人的關係呢？」

是要有什麼什麼關係，你們友台的主播都說是最有義氣的「朋友」了啊。

打開手機，網友們的評價倒是很多元，有的稱讚有的懷疑安德森做賊心虛才要我這麼說，有的人則想說一切都是炒新聞。

然而無論是什麼，不能否認的是，我的確造成了某種程度上的影響。能讓人有些省思，原本就是我說那些話用意。

這才是我想要的。

在我預料以外的是，最近歐洲的話題已經變成我跟安德森到底有沒有一腿。不管是拍攝現場還是私人行程，狗仔通通不放過任何可以做文章的機會。

果然是我太小看安德森的人氣了。

自從上次看見溫皓穎面對我跟學長的八卦的反應之後，我已經不再擔心，溫皓穎不是那種隨著輿論起舞的人，這點我倒是非常相信他。

而安德森本人倒也一副無所謂的樣子，這件事情就在我們的不否認之下被眾人當作不爭的事實。

直到離開的前一天晚上，我打算請安德森吃一餐，上網查了一下，發現我這次投宿的飯店樓下正是法國最有名的餐廳之一。

「外面有狗仔大概十個。」當安德森入座時，他這麼對我說，我跟他同時笑了出來，都不明白到底有什麼讓他們這麼辛苦的跟著我們。

我們聊了很多，難得我找到一個這麼談得來的朋友，卻又要離別，雖然有些捨不得，但家鄉還有更值得我眷戀的人事物。一直到餐廳準備打烊，我才和他道別，明天一大早，我就要回台灣。

兩個禮拜的時間，也許是因為很充實的關係，真的過的很快。當我站在機場時，機場播放新聞的大螢幕正在報導安德森到我住的飯店很久才出來的新聞，我搖搖頭，有點無奈的感覺。

我今天離開是偷偷摸摸的，就不知道這個新聞在女主角神不知鬼不覺的消失之後還能再炒多久。總不會就連台灣都一直在報導這個吧？我可不覺得自己有這麼紅。

但顯然我太看不起安德森的人氣了，當我踏上台灣的土地之後，我才發現，原來台灣的新聞也這麼注意這些消息，雖然沒有歐洲誇張，可是也足夠讓人汗顏。

「喂？曉恬。」幾乎是我入關的同一時間，左蓉的聲音就透過電話傳出來。

「怎麼了？我才剛到台灣……」

「甄臻跟溫皓穎告白了！」左蓉喊的像是世界末日，我當場傻在原地，「那……溫皓穎怎麼說？」

問出這句話的時候，其實我是很緊張的。

可能我還是沒有那麼相信他，所以才會遲疑……

「他說讓他考慮一下。」

當左蓉低聲說出這句話時，我真的不知道應該有什麼反應。

或許有一部分的我所想的才是正確的，我們根本不適合彼此，我受不了他對甄臻欲拒還迎的態度，就算知道他的苦衷、他的過去，還是沒辦法接受。而他似乎也不願意為了我而改變。

「噢……」我從齒縫之間擠出這個單詞。

現在我又該怎麼做？

左蓉說，在我跟學長的話題因為呂予岑出來哭著道歉說她是斷章取義自己編文章而停歇之後，我馬上又爆發出跟安德森的緋聞，幾乎就在同一時間，甄臻的社群網站上出現了一段影片，放滿她和溫皓穎的合照，影片最後，寫了我愛你三個字。

剛開始很多人以為他們在一起了，但溫皓穎只回了六個字就讓所有人屏息等待他的答案。

「讓我考慮一下。」

八卦現在幾乎都覺得溫皓穎會答應，拒絕別人這種事，在暖男溫皓穎的身上不會發生。

至於為什麼呂予岑要哭著道歉？聽說是左蓉不知道從哪裡拿到了她在夜店喝的爛醉被一群男人摸來摸去的影片給她看，似乎用威脅人家要放上網讓她出來承認並且道歉。

但這些現在都不重要，我攔了輛計程車，想趕快去問清楚，溫皓穎到底怎麼想的。剛剛打了好幾通電話他都沒接，讓我的不安又更提升了。

就算最後我們的結局忘了開花就冬天了，我也要一個合理的解釋，就算告訴我只是整我的也好，我寧可死在他的坦率，也不想活在自己的自欺欺人。

「蔚曉恬妳終於回來了！」左蓉一開門就把我拉過去，花花也在一旁，「我們觀察過了，溫皓穎三天沒回家了，不知道去哪裡避風頭。」

我點點頭，努力讓自己看起來沒有太多情緒。

可我終究還是騙不過花花，左蓉我不清楚，可是我想，花花已經知道我要的到底是什麼，也有可能比我知道的還早。

她悠悠開口：「我們把家門開著，輪流顧著門口，溫皓穎一回來，就抓進來質問。」

「好！」左蓉也不知道哪裡來的幹勁，兩個人找出了必勝頭巾戴在頭上。

花花……妳一定要一遇到左蓉就這麼失控嗎？

不能正常一點嗎？

第一天，我們三個輪流睡，沒有收穫。

第二天，左蓉忍不住睡死，沒有收穫。

第三天，連續三天都只坐著打盹的花花也受不了了，躺在沙發上跟左蓉一起呼呼大睡。

我根本就睡不著。

理智上希望他給我一個痛快，感情上卻沒有辦法想像失去他的生活。雖然他很愛欺壓我，卻總是在我最需要的時候出現，告訴我一切都會好的。

溫皓穎……我在心裡叫他的名字，已經不知道是第幾百次了，「不要離開我好不好……」

我不想把你讓給甄臻，可是我又希望你能幸福，如果能讓你幸福的是我，那我一定也是世界上最幸福的人。

我抬頭看了一眼時鐘，凌晨三點，正當我心想，今天大概依舊等不到他回來的時候，電梯門「叮」一聲響起。我馬上站起來，腳步還有些踉蹌，果然三天沒闔眼真的是會死人的。我衝到門邊，看見同樣一臉疲憊，身上還穿著西裝的他正在開門。

「溫皓穎……」我真的沒有想哭的意思，但當心心念念的那個人就在妳面前出現，叫出他的名字的剎那真的，忍不住。

他拿鑰匙的手頓了一下，轉過身來，對我微笑。

我跑過去抱住他，像個孩子一樣在他懷裡吸著鼻涕，「你回來了，是你嗎……」

溫皓穎低下頭，我看不見他的表情，想像他現在肯定皺著眉頭，他右手撫過我的眼皮，透過他掌心傳遞給我的溫暖告訴我，他真的回來了。

「幾天沒睡覺，嗯？」

我閉著眼睛，不想回答。

我聽見他發出低低的笑聲，「我回來了。」

Chapter 12 - 對的時間對的你

「你……」我真的好想開口問他甄臻的事，卻害怕會得到我不想要的答案、害怕他會告訴我我也只不過是跟甄臻一樣的存在。

愛惹麻煩、愛黏著他、很煩。

溫皓穎嘆氣，我抬起頭，「蔚小姐，現在可以讓我把我那天沒說完的話說完了嗎？」

他說的，是那時候在機場，我擋下的話。

「蔚曉恬，我愛妳，當我女朋友好嗎？」溫皓穎的眼睛注視著我，現在他眼裡只有我一個人。對我而言，此時世界上只有兩個人，而我也不想再去顧慮其他的人，現在，我只想緊緊抓住眼前的人。

「好。」我說，「我愛你。」

後來我問他，他所說的：「我考慮一下。」到底是什麼意思。

他則是一臉狐疑，「我的意思是，我考慮一下怎麼拒絕她啊。」

我才不相信溫皓穎不知道全世界會誤會，這根本就是故意的。至於他消失一週的時間，則是因為表哥結婚回家幫忙，每天都累得倒頭就睡。

知道這些之後，我忽然覺得自己真的跟一個蠢蛋沒兩樣。還是特大版大蠢蛋。

不甘心被這樣耍，我從客廳跑進他的房間，看見正在床上看書的溫皓穎，我出其不意的爬了上去。

「欸。」我往他身上貼，他往反方向移動，耳根開始變紅。

「幹嘛？」雖然看得出他在害羞，可他還是一臉「妳神經病啊？」的表情。

最後我整個人像無尾熊一樣巴在他身上，「你從什麼時候開始喜歡我的啊？」

他別過頭去，拒絕回答。

我將臉湊過去他的臉旁邊，「我突然想到，你之前有一次騎機車載我，但不知道為什麼，你這個單身男子會帶著兩個安全帽……該不會是特別為我借的？」我知道，我笑得很賤。

溫皓穎再次行使緘默權，再別過去另外一邊，很明顯事實就是這樣但他沒有要承認的意願。

我可不會放過他，鍥而不捨的跟他一起轉到另外一邊，「你知道嗎……」

我閉上眼睛，可以清楚的感受到他的呼吸，「我這次去巴黎，才發現學長下大雨那天拿來送我的那條圍巾，其實是情侶圍巾……」

溫皓穎這才終於開口，「我早就知道了。他從那時候就喜歡妳了，也是因為這樣，我當時才沒有去打擾你們兩個。說不定，他會跟甄臻分手，有一部分是因為妳，雖然大部分應該還是因為甄臻啦……」

我忍不住嘆息，關於學長，我真的好抱歉。

可是我不是他要找的那個結局，我也只不過是個過客。

「是說……妳跟那個安德森怎麼回事，嗯？」他勾起危險的笑容，「妳都有我了，還跟別的男人一起吃飯是嗎？」他放下書本，一手抓住我的雙手，一手輕捏著我的下巴。

我翻白眼，「人家安德森比你帥也是事實，幹嘛這樣？」

「信不信等一下就換我把妳壓在下面？」

聽見這個危險的信息，我本來想掙脫他跑開，但他動作更快，馬上把棉被壓在我身下，自己壓在我身上。

此時此刻，跟以往已經不同了，我們彼此承認，不用再點到為止。

「蔚曉恬……」溫皓穎在我耳邊叫我，我忍不住抖了一下，「有沒有考慮幫我生個兒子？」

我躲到旁邊，可是再怎麼樣都還是在他的手掌心，「我我我我我我還沒畢業……」

他學我跟過來，半認真半開玩笑的對我說，「那有什麼關係?大不了我養妳一輩子。」

「我怕你爆肝。」我認真答。

溫皓穎點點頭，看起來非常認同，「那還是算了吧，妳那麼敗家。」

我往他胸口拍了一下，隨後想起，「那你想好怎麼拒絕甄臻了嗎？」

他看著我，「那妳想好怎麼拒絕學長了嗎？」

「還沒。」特別是現在我已經和溫皓穎在一起了，更不知道該怎麼開口。就算我不是因為要拒絕他才和溫皓穎在一起，也難保學長不會有那樣的想法。

溫皓穎放開我，躺到我身邊，「果然妳也是這麼想的。」

「什麼？」

「我說，妳果然也覺得只要我們在一起什麼煩惱都會不見。」他說。

我狐疑的看了他一眼，「什麼時候變得這麼會花言巧語？」

「一直都會，只是現在跟妳一樣笨會被騙的不多了。」

溫皓穎這傢伙，莫名其妙！

我們在一起了的這件事，我們約好要當作祕密。

一來是為了避免引發風波，二來也是給我跟他更多一些時間去思考要怎麼處理別人的情感。

原本我是想說，大概可以恢復正常的生活：上課、翹課、溫皓穎，可當我隔天早上站在大學門口的時候，突然覺得我真的是太樂觀了。

「是蔚曉恬！」被擋在門口的記者一發現我，馬上一窩蜂擁上來，我被團團包圍，一時之間有些亂了陣腳。

溫皓穎去停車要我先進學校，現在我周圍沒半個認識的人，記者的聲音又此起彼落的響起。

「你們分手了嗎？」

「怎麼偷偷跑回台灣？」

「安德森事前知道妳回來了嗎？」

路過的學生通通停下腳步看著這裡，卻沒有一個人願意過來幫我一下，不過也可能是因為他們以為我是自願站在這裡接受採訪的吧。

「我……」當我說出這個字的時候，記者們瞬間很有默契的閉上嘴巴，攝影機全部對著我，似乎不管我下一秒說什麼都會被當作娛樂頭條。

安德森你可不可以把你的人氣收回去啊……不用分給我沒關係的……

「蔚曉恬，走了。」正當我絞盡腦汁要想出一些可以說的話時，左手手腕被某人猛然拉住，他拉著我，趁所有人愣住的時候離開記者的包圍，順利進了校園裡頭。

他拉著我跑到大學校舍裡頭，這裡記者們拍不到，溫皓穎才輕輕拍了我的腦袋一下。

「妳喔，下次人家叫蔚曉恬的時候妳就不要有反應，當沒聽到，加上妳戴著口罩，媒體就會以為認錯人了。」

「哦……」我摸摸被他拍的地方，點點頭。

溫皓穎突然嘆了長長一口氣，嚇了我一跳，「怎麼了？」

「沒事啦。」他搖搖頭，對我微笑。

這節通識課溫皓穎並沒有選，他原本說要「順路」載我來然後再「順路」載我回去的，可是不知道他怎麼臨時改變了主意變得很愛上課，居然坐在我旁邊陪我上整節課。

上課的時候，我偶爾會對他投以異樣的眼神，但他顯然並不想對此做任何解釋，於是我最後便當作他不存在。

戀愛果然是一件很神奇的事情，平常覺得超級漫長的課，只要他坐在我旁邊，我就覺得就這樣上到世界末日也無所謂。

下課後我原先想打電話叫左蓉起床，但我一拿出手機，馬上被溫皓穎阻止。

「不要用手機。」他把我的手機從我手中抽走，我來不及反應，手機就落到了他的手上。

「幹嘛？」我皺眉，現在是在演哪齣？

「妳看我就行了，滑什麼手機？」溫皓穎彎下腰來看著我，我被他盯著，忘記那其實是一個搶回手機的好機會。

「溫皓穎！」突然，一個歇斯底里的咆哮聲清楚的劃破整條走廊，全部的人通通都僵住。

「啊！」就在我一個沒注意的時候，頭髮被人往後扯，一個重心不穩差點跌倒。要不是溫皓穎動作很快的拉住我，我可能馬上就要跟地板用屁股接吻。

「甄臻！妳做什麼！」溫皓穎把我護在身後，看著眼前的甄臻。那是我第一次看到他那麼兇，我相信全部的人也都是第一次看到，包括甄臻，所有在場的人都看傻了眼。

「你跟那個劈腿的婊子真的在一起？為什麼？為什麼我們明明那麼好，你對我那麼特別，為什麼？為什麼最後是她？」

溫皓穎抓住我的手的那隻手緊了緊，我感覺到他正在爆發的邊界，便用雙手握住他的手掌。我什麼也沒說，可是我的意思他一定明白。

不要為了我，去破壞他努力大半輩子的假象。

「甄臻，妳聽我說……」

「你要在這裡說嗎？」甄臻打斷他，意思是要他到別的地方說，可能要順便說我的壞話什麼的吧？

溫皓穎擔憂的回頭望了我一眼，我向他表示我沒問題的，他才把手機放到我的手上，要我去他認識的學長的實驗室那兒等他室。我看著他跟甄臻離開的背影，並且照著他的指示找到了醫學系專用實驗室。

裡面一個人都沒有，我找了一張椅子坐下，沒事做我就開始滑手機，果不其然，無論是娛樂新聞還是學校八卦版，滿滿的都是蔚曉恬劈腿的傳聞。

一次劈腿當紅男模還有知名大學法律系系草，嗯，我承認，如果是事實的話這的確是還滿讓人嫉妒的。

把話說的很難聽的大有人在，如果是前陣子的我可能會真的崩潰，可是現在我知道，有一個人，他曾經對我說：「如果全世界都討厭妳，那全世界就都是我的敵人。」

不管怎麼樣，我至少還有他。

我趴在實驗室的桌上，鐵桌子的溫度很低，再加上實驗室特有的超低溫冷氣以及寧靜的氛圍，我很快的就進入夢鄉。

沒有意識到自己睡了多久，直到我感覺到有個人把外套披在我的身上，一手摟著我的腰，把頭靠在我的肩膀上。

我忍不住伸出手去觸摸他的臉頰，他的眼皮動了一下，隨後睜開看我一眼，然後繼續閉著。

「結果呢？」我問。

溫皓穎順了順我的髮絲，「解決了。」

我不敢相信，怎麼可能甄臻有那麼好被打發？

想必一定收到我的懷疑了，他睜開眼笑了出來，「我告訴她，我可以介紹其他帥哥給她，但要是她出去亂說話，我就要把她們家做的某些違法行為告訴檢察官，要認識的檢察官辦她家。」

「你威脅她？」我持續不敢相信的狀態，溫皓穎擺出他也沒辦法的樣子，「你怎麼知道她不會到處亂說？那你一開始幹嘛不用這招就好了！」

「這妳就不懂了啊。」溫皓穎自以為聰明的擺擺手指，「我都已經要介紹好男人帥哥了，她也知道我不喜歡她了，那她又何苦讓自己難堪？再說，她家做黑心事業的事情，某些有心人證據都蒐集的差不多了，用不著我出手，等到事情爆發後，她沒有背景財力，到時候誰還要聽她胡言亂語？」

我發出「哦……」的長音，很是認同。

果然有很多事情，都是要看時機的嘛。

溫皓穎，你這心機鬼。

「還有。」他突然安靜，我看著他。

下一秒，他將我拉進他的懷抱，我被他抱著，不明白發生什麼事。

他環住我的手越來越緊，一直到我快不能呼吸，「怎麼啦？」

「對不起，都是因為我太衝動，現在新聞才會……」

哦。

原來溫皓穎在自責這個。

我伸長手拍拍他的背，「你說過的啊，至少還會有你不是嗎？」

溫皓穎唇角勾起好看的弧度，「知道就好。」
也難怪那時候他會阻止我看手機，還為了阻止我看手機陪我上整堂無聊的課。
這麼想，心裡突然多了股暖流。
但我還沒感動夠，那個討厭的男人又補一槍，「都是我太衝動，現在新聞才會亂報，真是對不起那個叫安德森的傢伙，被妳劈腿這種事……」
我用力踩了他一腳，白目！
可是我忘了，除了溫皓穎以外，還有兩個人會跟著和全世界作對。
當我打開家門的時候，馬上被人用愛的小手抵住脖子，左蓉單手插腰，一手拿著愛的小手，「從實招來！自首無罪承認加倍！」
花花則是對我投以冷笑，擺明就是沒找她討論所以她現在在生氣。
「在一起了是吧？」她冷冷的丟出這句話，我嘿嘿兩聲，說明一切。
「聽我說，我們本來真的沒有打算要公開，那是因為早上記者他們所以才嗯對，不小心的。」
向她們兩個解釋了一次今天發生了什麼事，她們兩個一邊嘖嘖嘖一邊嗑著不知道哪裡來的爆米花。
「所以妳怎麼拒絕學長？」在我說完所有事情以後，左蓉狀似不經意的問。
「我……還沒正式拒絕。」我說，嘆口氣。
最後，我還是比溫皓穎來的更加懦弱。
「妳不要這樣。」左蓉突然丟出這句話，我愣住，花花則是拍拍她的肩膀。

「曉恬，我說過等妳確定答案以後我就告訴妳的那件事，妳準備好聽了嗎？」

不知道為什麼，一種緊張的感覺忽然排山倒海的向我襲來。

花花說，莫靖余是和我們同一個高中的學長，但我沒認出他，說實在她也真的不意外。

事情發生在我認識左蓉之前，也發生在那個男人出現之前。

那年我們高一，學長高二。

學長當時是風靡學校的熱音社社長，不過因為高一那年我工作比較多，待在學校的時間其實不多，所以對他其實沒什麼印象。

左蓉當時只是一個小社員，但整個熱音社只有她跟學長是鼓手，所以自然而然越走越近。他們每次社團課都耗在一起，感情一天比一天好，社員們常常拿他們兩個開玩笑，但每一次學長都是只是笑一笑，沒有承認卻也沒有否認。

久而久之，左蓉也覺得學長或許……喜歡她。

而她也許，也喜歡學長。

這件事情讓花花知道以後，她一直鼓勵左蓉去踏出第一步，告訴她：每件事都需要有一個人先去踏出第一步。

在某次社團課後，左蓉跟學長一起留下來收拾。她終於鼓起勇氣向學長表白。

左蓉說她已經忘記自己當時是怎麼說的了，只記得話說出口的當下，看見學長愣住的臉，她就後悔了。

「我……已經有喜歡的人了。」

他是這麼回答的。

事情發生以後，左蓉退出了熱音社，而且只要在走廊上遇見學長就會逃跑。學長後來也因為高三要準備大考，所以將熱音社交給他的學弟妹。

以前兩個人一起玩音樂的場景，只剩下回憶。

就連想要回味，都無法開口。

「所以妳……」我開口，但不知道該怎麼用字遣詞才是合適的。也難怪花花會說如果我跟學長在一起會後悔一輩子。

就算我喜歡學長，我也不忍心再次搶走她的幸福。

「當我發現他也在這裡時，我嚇了好大一跳，可是學長看起來已經忘記我了，而且有了女朋友。我以為這樣我就不會再次喜歡上他。但我錯了，我根本沒想到他們兩個的感情是建立在這種利益關係之下，也沒想到他們會分手，更沒想到他會喜歡妳。」

「曉恬，如果妳不喜歡學長，就請妳好好拒絕他吧。對不起，我已經試著不要那麼自私的去影響妳的決定了，我知道，每個人都有幸福的權利。」

我點點頭，然後告訴她，她也有幸福的權利。

當我把這件事告訴溫皓穎的時候，他居然說：「我早就知道了啊。」

「你又知道了？為什麼我不知道的事你會知道啊！」

他搖搖頭，「還蠻明顯的吧。」

我揍他一拳，明顯個屁，明顯到我現在才發現就是了。不過仔細想想，倒也還是有跡可循，那天雨下得很大，學長站在樓下淋雨，左蓉就馬上開溜，真的是很奇怪。也難怪，那時候溫皓穎會跟我說左蓉沒事。

「妳好好去拒絕人家啊。」他對我投以冷笑，我瞬間雞皮疙瘩爬滿全身，「沒拒絕好，就換我幫妳去拒絕了。」溫皓穎闔上雜誌，雜誌中間那幾頁隨著他的動作滑落。

我怎麼會有這麼恐怖的男朋友，嗚嗚。

秉持著快速解決問題的精神，我隔天就約了學長傍晚在校門附近見面。

時序也已慢慢進入冬天，我搓著手中的暖暖包，拉緊了出門前溫皓穎掛在我脖子上的他的圍巾。

過沒多久，學長就從系辦的方向匆匆忙忙的跑了過來。

「曉恬……不好意思，剛剛在忙。」學長的呼吸比平時還要更急促了一些，他吐出的氣息在空氣中化成一堆白霧。

我擺擺手，隨後將手中的提袋交給他。

「這不是……我送妳的圍巾嗎？」學長打開袋子，疑惑的看著我。

我則盯著他脖子上那條和我還給他的同款的圍巾。

「學長。」我吞了口口水，「這條情侶圍巾，還給你。還有，對不起，可是你值得更好的。希望我們以後還是朋友。」

學長苦笑，我緊咬下唇，不敢抬頭看他的眼睛，我真的不是故意要傷害他的，可是，我更不想失去溫皓穎。

「所以我這是……被拒絕了？妳跟學弟的傳聞，是真的囉？」學長開口，我持續低著頭，發出嗯的單音。

「我知道了。」他接著這麼說。

「對不起。」除了對不起，我也不知道自己還能說些什麼。

學長摸摸我的腦袋，「不用對不起。」

「學妹，我一直都知道，藏在距離之後的妳，其實只是一個單純善良的人。」

透過觸摸我感覺得到，學長心裡的某個傷口又再次被我掀開，可是，這才是感情。你喜歡的通常不喜歡你。所以遇見你喜歡他他也喜歡你的人，才會顯得那麼珍貴。

直到這時我才抬起頭，無比認真的看著他，「學長，你值得更愛你的人，而這個人並不是不存在，只要你仔細觀察，一定能發現。」

我並不清楚，學長對左蓉究竟抱持著什麼想法。

感情的事情沒辦法勉強，我們各自有自己的注定，再怎麼樣，我也不能插手了。

「你覺得……學長跟左蓉，會不會有一天也像花花跟那個男生一樣，就算經過好久好久，也還是把對方找回來了？」

溫皓穎坐在我身邊，看了我一眼，將我的手塞進他的口袋，淡淡的說：「不知道。」

我們在一起的這些日子，他習性還是一點都沒變，一樣在眾人面前一副被我欺負的樣子，單獨兩個的時候我就被吃得死死。既然如此，我當然把握住每個能欺負他的時刻，好好修理他。

以至於本校傳說多出了一條「我的野蠻女友真實版」八卦。多虧了左蓉的「大嘴巴」，不用我們兩個親自開口，整個校園都知道我們在一起了。

「蔚曉恬。」溫皓穎喚我，我轉過頭去，他突然湊了過來，給了我一個超級無敵大的炸彈。

所謂的炸彈，當然就是指很恐怖的事情。

「我爸要我們下個禮拜找一天回去見他。」他說，嘴角勾起了一個好看的、該死的微笑。

我當場愣住，見父母這種事……我生平還沒做過啊！而他還是一副看好戲的樣子，欠扁。

事實就是，不管我再怎麼擔心，不想面對的事情終究還是會來。

當我站在溫皓穎家的別墅前面的時候，我最擔心的事情居然是我是不是穿得很奇怪。

這大概是我有自我意識以來第一次這麼想。

萬一溫皓穎他那個律師老爸不喜歡我怎麼辦……

「別再抖了。」溫皓穎停好車子，走到我左邊牽起我的手，似乎是想藉著這個動作讓我安心點。

一進門就是客廳，溫皓穎放下鑰匙，要我先坐下，他要去找他爸。

我環顧四周，家裡面的擺設很簡約，一看就知道這個家的主人肯定是一個精明幹練的人。

「曉恬。」因為我太專心在藉由分析他家的擺設而降低緊張感，以至於當溫皓穎叫我的名字時我整個人幾乎從沙發上跳起來。

「這是我爸。」

我趕緊站起來，看著眼前和溫皓穎有幾分神似的男人，我不由自主的對他感到畏懼。

「皓穎，去我的書房找一個紅色的小盒子，在你媽媽留下的那個木頭櫃子裡面。」

溫皓穎的爸爸在我對面坐下，吩咐他兒子離開現場，我看著溫皓穎離開，他果然也沒有要留下來救我的意思。

「妳就是曉恬對吧？」溫皓穎他爸爸開口，我立刻正襟危坐的回答：「是的。」

「別緊張。」他對我微笑，那個剎那他不像在法院上叱吒的王牌律師，只是一個單純因為看見兒子的女朋友而開心的普通爸爸。他先是和我閒話家常了一番，而後才開口說：

「其實，我也很受不了那孩子。他總是對自己的要求太高，我也知道，他之所以會這個樣子，有很大一部分是我害的。我希望他能接手我的事業，卻沒想到他會變得不是他自己。都是因為他哥哥的事，害他以為存在在這個世界就是必須這麼做才不會惹禍上身，我知道，他也是因為明白，我沒辦法再承受失去一個兒子的痛。可是，這不是我願意見到的，但我卻已經無法改變。我今天請妳來，只是想請妳，如果可以，幫我說說他吧。這幾年來我想通了，其實人生……過的開心就好了，不是嗎？」

我笑著輕輕點頭，告訴他我會盡力。

同時間溫皓穎也拿著一個小小的紅絲絨布盒子出現，他將盒子交給他爸，在我身邊坐下。

「這是皓穎他媽媽留下的手鐲，要我交給我未來的媳婦兒。」

我和溫皓穎對看一眼，意思是我這輩子要賣給溫家了嗎？

「結果我爸跟妳說了什麼？」在回家的路上，溫皓穎問，我一時之間不知道該不該說，只好答：「就說些你的事。」

聽見這種答案，溫皓穎似乎不太滿意，但也沒有再問，可能也怕我說出什麼不該說的。

沉默了許久，我才開口：「欸溫皓穎。」

他看我一眼，轉回去繼續開車。

「你可以改改你的雙面了嗎？」我笑著問。

溫皓穎沒有答話，像是沒聽到一樣，其實，話說出口的當下我就開始後悔了。

「妳當初跟我在一起時，不就知道我是怎樣的人了嗎？而我也說過，要是妳無法接受，就跟我裝作不認識就好了，妳現在又說這些什麼意思？現在開始裝作不認識，也還來得及。」大概過了十分鐘，他才這麼回答我，口氣很不好。

被他這麼對待，我也有點生氣，他的口氣就好像……他隨時都可以不要我，「你為什麼不能做你自己，就跟我們第一次見面時你跟我說的一樣，總是會有人喜歡最真實的你！就算你做你原本的自己，我也還是愛你啊、你爸爸他也……」

「現在不是喜歡不喜歡的問題！」溫皓穎對著我吼。他將車子停在路邊，盯著我。我看著他，其實我明白他的心情，努力這麼多年了事情被否定還要求改變，可是、可是……我也是為了他好啊！

為什麼要兇我？

還是說，他跟我不一樣，我只希望有一個他能這樣愛真實的我；他希望的卻是全部的人都愛他，愛那樣不真實的他。

同時我也感覺得到，他衝出這句話後就後悔了，但卻沒人願意再開口說話。

當溫皓穎在地下室停好車時，我逕自開了門，不等他，自己回家。

左蓉跟花花本來想好好拷問我一番，卻在我開門的時候被我的臭臉嚇到。

我把自己鎖在房間裡，哪裡都不想去也不想動。

一天之後，她們兩個終於受不了了，一起撬開我房間的門，闖了進來。

而我還是維持著一天前進來房間的那個姿勢。

她們兩個爬上我的床，雖然不知道我發生了什麼事，還是努力的想安慰我。

「你們吵架了？」花花問，躺在我旁邊整理著我的一頭亂髮。

我點頭，然後又搖頭。

說是吵架，其實也不算吧？就只是發現了我們不一樣的點而已，那些早就存在的卻被我刻意忽略的點。

「唉唷，蔚曉恬妳不要這個樣子。」左蓉起身，跑出去拿了一碗未知的東西後又跑了回來，「至少吃個東西吧？妳以為妳是鐵打的，一整天不吃東西不喝水可以嗎！」

我還是不想動，花花發出無奈的吼聲，把我拉起來，靠著床頭坐著。

她們兩個試圖要把食物塞進我的嘴巴，但我現在一吃東西一喝水就想吐。

「妳真不吃？」花花放下湯匙，問。

我閉上眼睛，眼淚跟著我閉上眼睛的動作滴落。我看的見他們的擔憂，卻沒有因此而站起來的勇氣。花花將碗放在我的桌上，轉身離去。

「欸欸，花花！」左蓉被花花給嚇到了，以為她在生氣，急急忙忙地要跟上，回頭跟我說：「妳要趕快好起來，就算那個渣男人不要妳了，我們也還是會要妳。」

根據花花和我長年以來的相處，我相信她懂，現在不管跟我說什麼都沒用。而我也懂她在想什麼。

我坐在床上，在左蓉關起我房門的瞬間就放聲大哭。

「其實這根本沒有什麼的，這真的沒有什麼的……」我一邊吸鼻涕一邊喃喃自語著，不知道是想說服誰。若是以前的我，大概笑一笑就能告訴那男人老娘不屑要你了，可是現在，我卻為了溫皓穎坐在這裡，活像個精神病患者。

也不知道過了多久，我的房門又被打開，左蓉走了進來。

看見我還是維持著原本那個姿勢，她語帶擔心，「蔚曉恬，妳不要再這樣子了好不好？」

我沒有反應，明明知道不該讓她們擔心，卻還是忍不住。

有時候人就是這樣，理智上明明知道不可以、這樣不好，但就是無法控制。

「再這樣下去不行。」花花跟著走進來，「這次的狀況比我想的還嚴重。」我抬頭看她。

左蓉嗯嗯嘛嘛的沉思一會兒，突然靈機一動，「不然去喝酒好了！」

我想告訴左蓉借酒澆愁愁更愁的道理，可是我懶得開口。

花花也不知道是怎麼搞的，點頭通過了這個提案。我不禁懷疑，我在他們眼中真的就是個酒鬼嗎？她們有看過酒量那麼差的酒鬼嗎？

因為我死活都不想移動，她們兩個便合力把我拖上車，一副要去棄屍的樣子。

現在的我不適合出門，只要一想起溫皓穎的事情我就會想哭。為什麼人們總是要討厭別人那些明明就是為了我們自己好的那些話呢？

她們兩個一到店裡，就把我放在吧台，自己衝進舞池嗨，可能也是不想打擾我吧，但似乎也有可能純粹只是她們自己想玩。

我跟吧台人員點了一大瓶威士忌，突然覺得這個場景似曾相識，只是當時坐在這裡喝酒的是學長罷了，而且現在……也不會出現另外一個人來安慰我了。這時候，我突然有個想法，要是現在也有一個人就這樣毫無預警的出現在我身邊聽我胡言亂語一番，也許，我也會愛上那個人也不一定，可惜，不會有。

比起學長，或許我才是孤單的。

比起溫皓穎，或許我才是最最孤單的。

他有我，我卻沒有他。

我一杯接著一杯，還來不及意識到自己醉了的時候，我的身體就已經不聽我的使喚了。

努力撐起身體，我想去車上等她們，免得給別人添麻煩或者酒醉失態上新聞，我一個人走出夜店，關上門隔絕裡面的喧囂。夜已經很深，沒什麼行人，就連路邊賣消夜的小攤子都已經打烊。

我走在路肩，扶著牆壁，忽然一陣反胃。我很勉強的移動到路邊的水溝旁，朝著發出惡臭的水溝乾嘔。這時候我感覺到有人拉了我的手臂一把，把我拉離開地面。

對方粗魯的伸出另一隻手抓住我的下巴，強迫我將臉面向他。

「滿漂亮的。」濃濃的酒氣衝進我的鼻腔，我瞪著他，瞪著眼前的陌生男子以及他不懷好意的笑。

「滾。」我從齒縫之間擠出這個字，用力想甩掉他的手，但很顯然是徒勞。

他更用力的摟住我，使我只得按著他前進的方向前進。

我大叫著，要他放手，但無奈現在這時間路上沒有什麼人。就算有，也都是剛從店裡出來的人，那些人不是自己也醉得不省人事，就是以為我只是在發酒瘋。

這樣下去不妙，我用最後一點力氣，抬起穿著高跟鞋的腳，往他的下半身用力踹下去。

「幹，婊子……」那個男人推開我，我失去支撐的跌在地上，後腦杓不偏不倚的撞到了消防栓。

過了幾分鐘，可能是因為疼痛感退去，「幹，不從妳這裡拿點東西老子不甘心啦！」他朝著我大吼，我皺著眉頭，真的很想站起來比他一個中指然後問候他老媽。

伴隨他的吼叫聲而來的是一陣拉扯，我感覺到手中的包包被人拉走，我尖叫，奮力想要抵抗，原本就已經幾乎快沒了意識的我，隨著他拉扯的動作而更加難受。但我是不會放手的，因為裡頭有溫皓穎他爸爸要給我的手鐲，錢什麼的，都沒關係。

重要的是，那是我現在唯一能夠去相信，至少我們可能有機會真的是相愛的的信物。

忽然又一陣疼痛感自頭部傳遍我的全身，我咬牙，感受到溫熱的液體滑過我的臉。

然後我便沒了意識。

再次張開眼睛的時候，我看不見。根據推理，我想我大概是本來要被劫色但歹徒發現不成所以只好劫財。

我沒辦法移動我自己的身體部位任何一寸，但我可以感覺到那個手鐲套在我的手腕上，有安心的感覺。

再給我一次機會，我也會選擇這麼做。

「蔚小姐頭部遭受重擊，能否清醒這幾天會是關鍵。」陌生的男性嗓音不帶感情的說，大概是醫生吧，「再加上她大概有兩天沒吃東西了，我們也會替她注射營養針。」

我真的看不見，不，與其說看不見，不如說我張不開眼睛。

之前曾聽人家說過，失去視力的時候，人的耳朵就會異常靈敏，果然是真的。我好像聽見左蓉跟花花啜泣的聲音，一個一直哭，一個一直不知道在跟誰說對不起，沒照顧好我。

我想起來告訴她們我沒事，卻沒辦法，身體還是不受控制。就連想嘆口氣都沒辦法。

除此之外，我還感覺到有人緊緊抓住我的手，那個溫度我絕對不會認錯，是溫皓穎的溫度。

不知道過了多久，我睡了又醒，醒了又睡，好像沒有意識，卻又好像周圍都清晰的難以忽視。

只有手心的溫度卻一直沒有消失。

我好想、好想起身來拍拍他的腦袋，然後在他懷裡蹭一蹭，再告訴他真的沒事了。可是，我做不到。我沒有把握住能好好擁抱他的機會。

「曉恬，妳趕快起來好不好，對不起……只要妳醒來，我願意一輩子聽妳的，我做我自己，只要妳愛我就夠了，趕快回我身邊，對不起，我明明知道妳是為我好，卻還是兇妳……我愛妳，妳快點起來，等妳起來，我要娶妳回家。」我感覺到他的眼淚一滴一滴滴在我的手背上，像平靜的湖面上忽然落下的雨滴，倏忽即逝卻又深刻烙印其中。而我聽見溫皓穎這麼說，眼淚不自覺也跟著流下。

「曉恬？」我感覺到溫皓穎伸出手笨拙的抹過我的淚，他的呼吸緊張了起來，「不要哭、不要哭好不好……」

通常在哭的人，最不想聽到的話就是不要哭。那通常只會讓人哭得更慘。

我還是只能掉眼淚，不能開口、不能睜眼。

「對不起……」溫皓穎握著我的手緊了緊，我感覺到了他的不知所措，可能想觸碰，卻又害怕傷著我。

我心疼他，因為我愛他。我愛他，所以就算他讓我難過讓我哭，我也捨不得看他難過看他哭。

只要你好，我就好。

我用盡全身力量，像是第一次學習睜眼，將感知慢慢的從宇宙邊緣拉回，反覆嘗試以後，終於可以睜開眼睛。

我看著他，溫皓穎將他的腦袋埋在我的手臂上，沒注意到我正盯著他看。「溫皓穎。」我開口，沙啞的自己都快認不出自己的聲音，他倏地抬頭，臉上的黑眼圈前所未有的重，卻在看見我雙眼的剎那，第一次在我眼前留下眼淚，我捨不得的伸出手想要觸摸他，但還是沒辦法動。

「不要哭。」我輕笑，「我還以為你不要我了。」

「我怎麼可能……」他也跟著破涕為笑，用他的唇在我唇上輕輕觸碰，「妳就像個笨蛋，喔不是像，妳就是個笨蛋，不會照顧自己又愛惹麻煩，我怎麼可能放心丟妳一個人？」

「但剛剛那些話可是你說的。」我對他笑，「一輩子聽我的，老公。」

一個禮拜後，我終於出院了。

果然事情就跟我縝密的推理一樣，我被劫色不成反劫財，拚命的不讓手鐲被搶走，然後被揍了。

溫皓穎提著一堆我的衣服，在醫院門口替我開了車門，自己才回駕駛座坐好。

他側過身，幫我繫上安全帶，禍國殃民的那張臉離我好近好近，什麼也沒說的看著我。我笑著輕推了他一下。

「你終於決定做自己了嗎？」我問。

他整個人已經快要趴在我身上，而我被安全帶繫著，也無法反抗。

溫皓穎雙手捧著我的臉，「是啊，溫太太。」然後輕輕烙下一吻。

一直到這種時候我們才明白，其實我們根本不用偽裝，因為一定會有人無條件的愛你的一切。

愛最真實的你。

【全文完。】

番外- 女孩

我是莫靖余。

我曾經有一個妹妹。
我曾經有一個女朋友。
我曾經有一個喜歡的人。

還記得那是高二上學期分班後的事，當我一踏進教室，目光就停留在那個女孩身上。

她是轉學生，是我的回憶。

好多年了，她都沒變，在分班名單上看見她的名字時，我直直盯著那三個字好久，就連我也不知道，究竟我，希望那是個同名同姓的人，或者希望能夠再看見她。

那個，每當我憶起過去，總會出現她的身影的人。

因為我遲到了，所以當我走進教室時，全班同學都盯著我看，我確定她看見我了，可是她的目光裡頭藏著的是什麼，我看不出來。

老師站在台上滔滔不絕的說著離大學入學考試多近時，我盯著斜前方她的側臉，想著過去。

她是我的鄰居。

她叫做范韻凌。

韻凌是我小時候的鄰居，我們每天都膩在一起，一天沒看見對方就會全身不對勁。那時候，我們都不明白，那是什麼樣的感情，超越親人，更勝於某種羈絆，好似生命共同體。

幼稚園的時候我們會手牽手上學，再手牽手走回家。

還記得有一次，我得了重感冒，母親一直要我請假在家，我卻不肯，因為這樣韻凌就要自己一個人回家。但出了家門，才發現她原來也拖著感冒的身體要跟我去上學。

現在想起來都覺得當時真的很可愛。

也忘記是什麼時候了，我們開始有了自己的交友圈，男生們玩著卡片作弄著女生，女生們玩著洋娃娃追打著男生，男生愛女生當時叫做羞羞臉，我和韻凌在學校說好要假裝不認識。

我曾以為我們除了上學時刻還是一樣好，並不會對我們的感情產生什麼影響，可是我錯了，她常常跟同學跑出去玩，我找她時她總不在，來找我的次數也少之又少。

漸行漸遠大抵就是這麼一回事，以至於當時，爸爸對我說要搬家時，我並沒有告訴她。

那一年是我國小畢業，我們漸行漸遠的第四年。

因為要搬家，我收拾著櫃子裡的東西，這才發現，每個角落都有她的影子。那個時候，也許是太過倔強，我沒有發現那才是我應該要珍惜一輩子的人。

於是我離開了，離開有她的世界。我偶爾會想，當她發現我離開時會是什麼反應——憤怒、難過、或是根本不會發現。想完以後，又覺得自己很可悲，每次的結論都是——她根本不會發現我不見了。

可能是注定吧，高中，我們又被分在同一班。

四年不見，她的輪廓依舊是我記憶中的那個樣子，頭髮長了許多，四肢瘦了許多。

正當我思考著究竟該用什麼態度面對她時，老師一瞬間將我腦袋裡頭那個「保持距離」的選項刪除。「這學期中會有一個舞會，舞會夥伴由抽籤決定。」然後就是這麼注定的，「莫靖余、范韻凌。」逃避不能解決問題，所以我開始思索，我到底要跟她說「好久不見」或是「初次見面」呢？

老師說，過陣子的體育課才會教跳舞，意思就是說，我還不用太早面對她。

可是，我馬上就發現到，只要在教室，在有她的地方，我都會不由自主的受她的牽引。她的一舉一動我都不允許自己錯過，我想知道自己怎麼了，卻又不想知道，我害怕是我所猜想的那樣……

那時，唯一能讓我稍微喘息的地方就是社團。上任社長卸責去考大學後，就是由我管理整個社團，團員們都很棒，我們算是學校內非常熱門的社團。可是我唯一不滿意的，是整個社團不知道是受了什麼詛咒，只有我一個鼓手。

所以當她站在我面前，跟我說：「社長好，我是高一的學妹，我叫做左蓉，會爵士鼓。」的時候，我才會那麼開心。

學妹很熱情，跟她相處不會有壓力，我很喜歡她，我們常常兩個人留下來練習，謠言從社團傳到社外，雖然我只是把她當妹妹，但我沒有否認，學妹感覺也不介意，而我之所以不否認，也是因為……純粹想讓韻淩知道吧，知道沒有她我還是好好的，能比她更好。

現在回想起來，自己真的幼稚愚蠢又自私。

然而，該逃的總是逃不了，體育課終於要開始教跳舞，我也終於要面對她。

當我牽起她的手，卻被她甩開時，我其實滿錯愕的，當初是她不要我我才離開的，現在到底是什麼情況？

韻淩跑了出去，我別無選擇也只好跟上，她跑到體育館後面的小巷子，我站在她身後兩步的距離。

「你真的……很過分。」我聽見她的啜泣，不明白她現在在哭什麼。

「當初是妳對我愛理不理，現在妳又憑什麼罵我？現在的我怎麼樣又關妳什麼事？」我必須承認，當我說出這些埋藏在我心裡多年的話時，我的聲音是顫抖的。

她聽見我這麼說後，轉過身來，用力的捶著我的胸口，「誰准你一聲不響的離開——丟我一個人那麼久，你覺得很好玩嗎？」

「妳從來沒有一個人過吧？」我後退一步，抓住她的手，語氣平淡的說。

「你真的那麼想？」她說，哭紅的雙眼盯著我。

「鬧夠了嗎？」放開她的手，我轉身離開。

在轉身的瞬間，我有多努力不讓眼淚落下，她永遠也不會知道。我也明白了，她還是在乎我的，但我實在不想再次經歷那種感覺，所以選擇在擁有之前先選擇放手，才不會失去。

除了體育課，我們幾乎不會互動，而體育課時也幾乎都只是公事公辦，老師叫我們幹嘛我們就幹嘛，非常沉默。

最後一堂課的時候，她拉著我走出體育館，我有點驚訝，不知道她想做什麼。

「莫靖余。」她叫我，我回她嗯，「對不起。」她接著說。

我睜大雙眼，不敢相信自己聽見什麼。

「幹嘛道歉？」

「我承認當年是我的錯，可是你知道嗎，我是為了你才轉來這裡，我很想你。」她深呼吸，我感覺到要說出這些話，她也在心中反覆思考許久。

「所以，拜託，不要再讓我失去你。」

我愣住，我害怕失去她，所以選擇不要伸手。

她害怕失去我，所以選擇伸手抓緊。

她往前踏一步，緊緊的抱住我，我回過神來，也抱住她。

我們都再也不想失去。

「學長，我有話跟你說。」那天下午我跟學妹約好要一起練習，但才練習沒多久，學妹便停下動作。

我心情很好，幾年來的煩悶感一掃而空，語氣是藏不住的雀躍，「嗯？」

「我喜歡你。」她這麼說的。

我已經忘記我到底怎麼說的了，只記得，當時的她笑笑的跟我說沒事，就像她大一剛來報到時看見我的表情一樣，都沒有變。

但她退出了熱音社。

我不禁想，要是韻凌晚一天跟我把話說開，或是學妹早一天跟我告白，情況會不會不一樣。答案是肯定的，在我慶幸著沒有再次失去時，卻有人因為我的慶幸而難過。好幾年後，我也才明白，原來那句「我只把妳當妹妹。」比「我不愛妳。」更加傷人。

但我跟韻凌，還不是那種關係。

我們說好，在我們考完大考以後，才要確定彼此的心意。其實也就是，我跟她告白了，但她要等考完再回應我。

準備考試的日子，因為她的存在好像不那麼痛苦了，我每天都在「早點考完」跟「多點時間唸書」之間掙扎。

我是那樣期盼著，所以，當我爸在考試前一天告訴我，他一定要我幫忙的時候，我會沒問清楚是什麼事情就答應了。

走出考場時，我本來要去找韻凌，結果被我爸給抓住，帶到一家飯店裡頭，進行他所謂的「幫忙」，也就是跟坐在我對面的女孩交往。

當我知道詳情之後，起身要走，但我心中還是有一個小角落，告訴我，要不是我爸的努力，我哪會有這一天？

於是我妥協了。

隔天我和韻凌約在校門口，她一看見我，沒有責怪我昨天的失約，反而笑著問我，「你準備好要聽答案了嗎？」

我在她說話之前就上前用唇堵住她的嘴，因為我明白，我唯一能夠讓這份感情若干年後想起還能夠確實存在的方法，就只有霸佔她的初吻。

我很自私。

當我離開她的唇時，我聽見自己乾澀的聲音說：「對不起。」

只記得那天後來下雨了，雨跟著她的淚珠從臉頰滑落，她撥開我想替她拭淚的手，轉身離開。我沒有追，也沒有臉追。

她願意伸手抓緊我，換得的卻是這種下場。

錯過一次還能再相遇，再一次錯過就是注定。

我也已經明白，不管我再怎麼追、她在雨中的身影跑得有多慢，我都再也沒辦法站在她身邊。

番外－我的野蠻女友

我是溫皓穎。

我有一個野蠻女友。

至少大家是這麼說的啦。

「起床了。」我捏住她的臉，這是她全身上下最好捏的地方。我有事沒事就愛像這樣捏捏她的臉，雖然每次她都會瞪我……但我就是喜歡被她瞪，怎樣？

「嗯……」蔚曉恬這個女人，撥開我的手、翻個身、發出意義不明的聲音之後再次進入了夢鄉。在我家白吃白喝還要專人叫起床，根本就是飯店待遇了。

我回想起那一天，我從醫院載她回家時，看見我家門口堆了一堆紙箱，我還以為是有人在整我，呃，嚴格說起來也是啦，總之，她家那兩隻把她的東西全部打包裝箱，要放來我家。

我們就這樣被強迫同居了。

看著她熟睡的側臉，我突然發現，她真的改變很多。從以前那種難以靠近的的樣子，變得會跟大家打打鬧鬧，也會明顯的表現出不爽。這個傻瓜，真的已經不在意了呢……

至於我，答應她要好好做自己之後，雖然不再像以前一樣來者不拒，也還算是個客客氣氣的人吧。我還是在大家面前假裝被蔚曉恬欺負，關上家門之後，嘿嘿……

見她還是沒有要起床的意思，我伸出手捏住她的鼻子，「不讓妳呼吸，看妳睡不睡得著。」

沒想到，一山還有一山高，蔚曉恬一點點點點形象都沒有的張開嘴巴呼吸，我的攻擊完全沒對她造成傷害。

「妳是要不要起床啊……」我嘆口氣，跨到她身上，在她耳邊吹氣。

這下總算奏效，她下意識要往旁邊逃，但她早就被我包圍，這下只得乖乖睜開眼睛。

「我要睡覺啦……」她瞇著眼，慵懶的樣子讓我心跳漏了一拍，一瞬間竟然差點克制不住自己。

「妳是豬喔，再不起來我要來吃豬肉當早餐了。」我輕輕吻了她，聽出我話裡的意思，她心不甘情不願地伸出雙手攬著我的脖子。「妳這女人真的比豬還懶。」我伸手繞過她的背，抱起了她，她嘿嘿笑了一下，在我脖子蹭了蹭。

克制，溫皓穎。克制。

「自己刷牙，我不是安養院義工。」

「我也不是失智老人！」她回嗆，然後我就把她丟在浴室裡面了。

差點忍不住，先走為妙。

我告訴自己，在我娶她進門之前，我都不會碰她。

因為我怕她會害怕，為了讓她安心，我可以忍耐。

她好我才會好。

「你怎麼不早點叫我啊，下午不是要去買東西嗎？」換好衣服整理好儀容，她走進客廳的時候說。

「我早點叫妳妳會早點起來嗎？」我白眼她，「我看妳的手機是塑膠製品吧？明明有鬧鐘，鬧鐘也有響……喔，我知道了，妳是讓鬧鐘叫我起來叫妳起來的是吧？想讓我……」我搖搖頭，打算繼續說，卻被她打斷：「啊！好啦！我是豬！」

「妳現在才發現？」

蔚曉恬惡狠狠瞪我一眼，轉過去吃我買的早餐，不理我了。

身為一個男人就是該要知道，這種時候，女人的意思就是要你去哄哄她。

「生氣了喔。」我坐到她旁邊。

「那你幹嘛跟豬在一起。」她說，往旁邊移動身體。

我鍥而不捨，「因為我喜歡豬，豬是世界上最可愛的動物，雖然豬很愛無理取鬧又懶惰、愛生氣愛花錢，但是我還是喜歡豬，我這輩子最喜歡的動物就是豬了。」

蔚曉恬這才轉過頭來，表情五味雜陳，大概正在想要不要承認自己是豬吧。

「不鬧妳了，趕快吃一吃，去超市買點東西。」

「莫名其妙……」她咕噥著，我就是喜歡她這個樣子，特別是因我而起的時候。

我除了是她的鬧鐘之外，有時還兼差當她的司機。

雖然每次她都愛吵著要開車，但我可是車子的主人，當然是我說了算。誰叫那個笨蛋要讓車被偷走啊。而且，我開車，她還有時間可以休息一下。

她窩在副駕駛座滑手機，有時候會抬起頭來看我一下，然後繼續低頭。

「幹嘛一直看我？」

「你才幹嘛一直偷看我看你咧。」

我伸出右手搶過她的手機，「欸！」她想阻止我，但我動作更快，為了不危害行車安全，她也沒辦法再反擊。

「要看我就乖乖看我就好了，看什麼手機。」

「誰要看你啊！」她哼了一聲，轉過頭去看窗外，過沒多久，又轉過來看我，但又怕被我發現。

唉，寶貝啊，妳真的是一個口是心非的人。

「到了啦，看傻了？」我停好車，發現她還是在看我。

蔚曉恬偏過頭，思索了一下，「溫皓穎，你是不是胖了？」

我笑，「真要說，該胖的是妳。」

誰不知道妳只是在找藉口，愛看妳老公的帥臉還不承認，呵呵。

下車後，我拉著她穿越地下停車場，「遛狗啊……」換來她的抱怨。

「我就是太了解妳了。憑妳這腦啊，就算是在地下停車場也會走失的啦。」

蔚曉恬打了我的背一拳，下手的力道完全沒在客氣。

進了商場，我放開她的手，去推推車。但她屁顛屁顛的跟了上來，在我投硬幣進購物推車時，她朝我伸出手，「幹嘛？」我問，挑眉。

「溫先生，你女朋友掉了。」

「不是不要我牽？」

「讓你牽你就牽，廢話很多欸。」她哼了一聲，這是她撒嬌的方式。

我無奈的笑了，再次牽起她的手。

超市裡最吸引她的東西大概就是每次都大排長龍的草莓千層派了吧，我們經過時，她停下步伐，一直盯著草莓千層派看。

「想吃？」我問她。

她頓了頓，最後還是搖頭。

「想吃就說啊。我不會笑妳胖。」我做出發誓的動作。

「我不想吃啦！」說完，換她拉著我離開。

在她走了三步之後，我跟她說：「可是我想吃欸。」再把她拉進隊伍。

「溫皓穎你世界第一胖。」她用力的捏我的臉。

大概排了十五分鐘後，好不容易拿到草莓千層派，她看起來比我還開心。

「帥哥，這個請你吃。」賣草莓千層派的銷售員阿姨給了我一塊試吃的，當我接過他手中的千層派時，我感覺到有人直直盯著我的千層派看。

「這是阿姨給我的。」我說，把千層派從她視線裡拿開。
「我又不想吃。」她別過頭。
把千層派放進推車，我拉著她走到角落，停了下來。
「幹嘛？」她問。
我把那一小塊阿姨給我的千層派拿到她面前，然後……放進嘴裡。
「欸溫……」正當她準備開口罵我討厭鬼時，我將我咬著的那塊千層派直接放到她嘴裡。
當然是用嘴巴放。
拜託，這種甜死人的東西誰想吃啊，蔚曉恬這傢伙，一定是最近被我服侍的太好，胖了，才什麼甜點都不敢吃。
「你很討厭欸！」她瞪我，得了便宜還賣乖。
「溫皓穎，辛苦了啊。」這時突然一個陌生的聲音響起，我回過頭，看見她的兩個「前」室友正一臉受不了的看著她，「又在欺負溫皓穎啦？」
「明明是他欺負我！」她跺腳。
「少來啦，我們剛剛就看到妳在罵他。」前室友一號說。
「那是因為他……」
「他怎樣？」前室友二號反問。
「算了，沒事啦！」她放棄掙扎。

「沒有啦，都是我的錯。」我說，配上剛剛好的微笑。
我輕輕拍拍她的腦袋。
「蔚曉恬啊……這是妳上輩子有燒好香啊。」她們倆搖搖頭，而後室友二號似乎是突然想到，「喔喔對了，曉恬啊，我們晚上要去玩，妳要來嗎？」
「不了。」她搖搖頭，「妳們去吧。」
「有男友沒朋友囉。」室友一號一臉無奈的說。
「花花妳跟那個誰還不是……」室友二號話還沒說完，就被室友一號給摀住嘴巴，「那我們先走了喔。」室友一號丟下這句話，就把室友二號拉離現場。
「噗。」她笑出聲，我狐疑的看了她一眼。她只說：「閨蜜之間的祕密。」
我點頭表示明白，其實我也不在乎，我光是在乎蔚曉恬就快忙死了。
「欸，對啊，你幹嘛每次都欺負我！」她指著我，凶狠的指控。
「我哪有啊，我剛剛還幫妳說話欸。」
「你……」蔚曉恬地不知道幾次放棄和我爭論。
我是律師欸，拜託。
自知吵不過我，她自己不知道要去哪裡，就賭氣的走掉了。
我趕緊跟上，怕等一下得去服務台廣播找人。

唉呀，真的是被我寵壞了，嘖嘖。

不過寵壞也罷，我的興趣除了欺負蔚曉恬之外，還有一項是寵她。

「妳要去哪裡？」我跟在她後面，問。

「不要跟著我，討厭鬼。」

「妳會迷路。」

「我把自己丟掉算了。」

「生氣了喔？」

「沒有。」

「妳討厭我了喔？」

「你本來就是討厭鬼。」

「蔚曉恬，妳男朋友掉了。」

「不用還給我，我不要了。隨便送給一個路人都好。」

我沉默，停在原地不再繼續跟著她。

她似乎是發現了這一點，狐疑地轉過頭，而我在和她對上眼的瞬間，轉過身往她原先前進的反方向離開。

我故意走得很快，因為我知道她會跟上。

唉呀，就算是賭氣，也不該說這種話吧。雖然知道她沒有那個意思……

我是不是變得有點玻璃心？

「你要去哪裡！」我感覺到衣角被人給揪住，我停下腳步。

她從背後抱住我，把臉埋在我的背上，「溫皓穎你真的很討厭，現在又要把我丟掉。」

「是妳說妳不要我了的。」我說，雙手覆蓋上她的。

「我才沒有。」

「明明就有。」我轉過身，她還是一直低著頭。愛哭包，又在哭了，「欸，不要哭啦。」

「因為你不要我了。」她再次對我提出不實指控。雙手在眼睛抹來抹去。

「明明就是妳說的吧。」

「不管！」她抬起頭，眼睛紅到不行。我嘆氣，我總是沒辦法對她的所作所為生氣太久。不管她說了什麼，我都可以原諒。

「好啦好啦。」我說，放開她要回去推推車。

但我的手又再次被她拉住，我低頭看她，她這才笑了，「溫皓穎，你的女朋友又掉了。」

「嗯？我沒有掉女朋友啊？」我說，就在她愣住的時候，我是適時地補上：「不過謝謝妳把我老婆撿回來。」

喔，我想到了。

我剛剛說錯了，她不是我的野蠻女友。

她是我的野蠻老婆。
我還是會繼續欺負她的。

後記－因為你已經是足夠好的人了

首先想在這裡先感謝秀威出版以及責編昕平，沒有你們就不會有這本書的問世，衷心感謝。

世界太亂，我們習慣躲在面具後面。

不管是你還是我，都不可能完全坦白的將自己昭告世界。

因為人們害怕的事情太多太多、因為人是群居動物、因為人們在意他人的眼光、因為人有情感。

但這就是一輩子了嗎？

你不需要一個百分之百理解你、完全和你的心臟貼合的人——你只需要一個，當你嫉妒吃醋鬧脾氣的時候會跟你說你好可愛、當你沮喪悲觀想放棄的時候會跟你說我都在的人。

他不需要完美的你，但需要最真實的你，願意把心事告訴他並且依賴他的你。

雖然說人本來就是在朝夕相處之間慢慢磨合成為最適合彼此的樣子，但在一起成長一起改變的過程裡面也千萬不要丟失最初的你了。

不要忘記，當初你之所以決定和他一起走，就是喜歡上他最初的樣子。

而他也是。

然而，就算你還沒有遇見也沒關係，做自己才能遇見對的人，喜歡上假裝出來的你的人，不喜歡你。

不要忘記，你已經是足夠好的人了。

最初的你就是了。

要青春17　PG1802

要有光 FIAT LUX

離你最近的地方

作　　者	夏　粱
責任編輯	林昕平
圖文排版	周妤靜
封面設計	蔡瑋筠

出版策劃	要有光
製作發行	秀威資訊科技股份有限公司 114 台北市內湖區瑞光路76巷65號1樓 電話：+886-2-2796-3638　傳真：+886-2-2796-1377 服務信箱：service@showwe.com.tw http://www.showwe.com.tw
郵政劃撥	19563868　戶名：秀威資訊科技股份有限公司
展售門市	國家書店【松江門市】 104 台北市中山區松江路209號1樓 電話：+886-2-2518-0207　傳真：+886-2-2518-0778
網路訂購	秀威網路書店：http://www.bodbooks.com.tw 國家網路書店：http://www.govbooks.com.tw
法律顧問	毛國樑　律師
總 經 銷	易可數位行銷股份有限公司 地址：231新北市新店區寶橋路235巷6弄3號5樓 電話：+886-2-8911-0825　傳真：+886-2-8911-0801 e-mail：book-info@ecorebooks.com 易可部落格：http://ecorebooks.pixnet.net/blog

出版日期	2017年8月　BOD一版
定　　價	290元

國家圖書館出版品預行編目

離你最近的地方 / 夏梁著. -- 一版. -- 臺北市：
要有光, 2017.08
面；　公分. -- (要青春；17)
BOD版
ISBN 978-986-94954-6-2(平裝)

857.7　　　　　　106013134

讀者回函卡

感謝您購買本書，為提升服務品質，請填妥以下資料，將讀者回函卡直接寄回或傳真本公司，收到您的寶貴意見後，我們會收藏記錄及檢討，謝謝！

如您需要了解本公司最新出版書目、購書優惠或企劃活動，歡迎您上網查詢或下載相關資料：http:// www.showwe.com.tw

您購買的書名：______________________________

出生日期：________年________月________日

學歷：□高中（含）以下　□大專　□研究所（含）以上

職業：□製造業　□金融業　□資訊業　□軍警　□傳播業　□自由業

□服務業　□公務員　□教職　□學生　□家管　□其它_____

購書地點：□網路書店　□實體書店　□書展　□郵購　□贈閱　□其他

您從何得知本書的消息？

□網路書店　□實體書店　□網路搜尋　□電子報　□書訊　□雜誌

□傳播媒體　□親友推薦　□網站推薦　□部落格　□其他__________

您對本書的評價：（請填代號　1.非常滿意　2.滿意　3.尚可　4.再改進）

封面設計____　版面編排____　內容____　文／譯筆____　價格____

讀完書後您覺得：

□很有收穫　□有收穫　□收穫不多　□沒收穫

對我們的建議：______________________________

____

____

____

請貼
郵票

11466
台北市內湖區瑞光路 76 巷 65 號 1 樓
秀威資訊科技股份有限公司 收
BOD 數位出版事業部

（請沿線對折寄回，謝謝！）

姓　　名：________________　年齡：________　性別：□女　□男

郵遞區號：□□□□□

地　　址：____

聯絡電話：(日)________________　(夜)________________

E-mail：____